阎安 著

陕西新华出版

太白文艺出版社·西安

自 序

　　远至河套的贺兰山、大青山沿线以南，由西向东绵亘1600余公里的秦岭以北，涉及陕甘宁蒙四省区的这一块中国大地，近3000年中一直是中华民族和中国历史命运敏感而激烈的表现区和反应区，拥有着怎么讨论都不为过的独特的地质地理和文化。我出生在这个区域最中心的地方，我在这个地方工作、生活，同时像着了魔似的不停地在这里进行着地理的、历史的和精神的游历，我刻骨铭心地把这整个区域都视为我的故乡。我还有一个想法那就是，由于吸纳和协调了过多的历史风云、人类命运，抽象的时间在这里被完全具体化了，这里的天地万物中凝聚着无处不在的时间的气象和气质，千多年来人们就仿佛直接生活在象征中，这里成了人和时间可以直接相遇的地方。我是说因为这个原因，我甚至还同时认同她是所有人的故乡。

　　在最近的二十年中，我眼见这一古老的、历史印象中一直是农牧交织的大陆板块发生了最严重的、甚至是惊心动魄的现代化事变。密密匝匝的现代铁路、高速公路和空中航道相继开通，新兴能源工业基地和园区不停地布局，新型现代化城镇不停地规划和崛起。这种令人心惊的现代化裂变给人们带来了财富和自豪感，带来了非常复杂的精神心理感受，当然也带来了某种颇具命运感和戏剧感的新的现实。毛乌素沙漠上无数个蓝色的湖泊莫名其妙地就消失了，只留下了湖泊状的、饱含盐碱而犹如钢铁的泥沙的硬壳。流经陕甘宁蒙的黄河近年来频频发生的断流事件，举世震撼。有时这里整片的大地会不明就里地朝着地层深处沦陷，这已是无法仅仅用地质灾害来形容的自然事变了。

　　我想说的是，作为一个深爱自己伟大故乡的游吟诗人，我对这种理当激起人类心灵上最大反应的变化却意外地保持了一种坦然的态度。不用说，我几乎已遍历了全世界所有的文明形式和语言领地，由此我深深地知道，发生在陕甘宁蒙古代农牧领地一带的现代性变迁，正是有史以来最令所有人类感到扑朔迷离的时刻，世界以这样的方式变成了一个超级启示者、呼吁者，它启示和呼吁，我们今天的世界比任何时候都更需要诗人来到它的现场，与它不离不弃。在故乡的大地上，因为着迷于这种启示和召唤而几近魂不守舍，我的游历依然一次比一次更加深切地继续着。过去一个游吟诗人可以在一棵树或一座悬崖给出的自然凉荫下歇息，而今天的我往往被高速公路和铁路干线反复困惑，久久不能进入以往由大地和大自然直接设计、充满原初质感的天然之境。我更多地要在参天大树般的高压线塔下，像一个误入神话之中的孩子，仰望奇迹般筑造在那里的危险的鸟巢。尽管这样，透过许多看起来显得重重叠叠的现代化事象，在它们的背后，不可拒绝的仍然是那无休无止的浩瀚大地和荒凉中无限辽阔的北方自然，它们不依不饶地继续显示着人类之外造化依然如故的博大和依然故我的深不可测。我常常由此而被安慰，并再次深深地感到，或许人的担忧终归属于多余。

有很多次，在秦岭巨石拔天而起的深处的阴影里，在贺兰山下无边戈壁旷野上横陈着的巨石阵中，任何时候，我随便拿起一块石头，都能发现它们比"四书""五经"更古老，这使我由此能更加深切、更加真实地同时感受到它们的魅力和它们之间实际存在、早已把时间变得澄明而温暖的渊源关系。或许古老的游吟方式更能激起一个现代诗人在寻觅中因为发现时间的悲怆和感恩般的感动，那些时刻，我感到无原则的爱意充满了整个内心和整个世界，我禁不住热泪涟涟。正是那些心生感恩的时刻使我充分意识到，诗歌是关于时间的艺术。

多年前，当我怀揣着叶芝的一本诗集游历黄河晋陕大峡谷时，峡谷沿途巨大的地质断层与叶芝对于诗歌真理语速缓慢的叙述同样令我震撼、晕眩。叶芝把诗歌定义为随时而来的智慧，令我五体投地，深深折服。也就是在那一次，一位同行的地质学家告诉我，地质是有心灵的，时间也是，而人也应该不断纠正他在文明中的应急状态，不断回归时间以确保人文日新，人的事情生生不息。这就是说，诗歌的现代命运和大地的命运以及代表大地命运的时间，它们从一开始就是永恒地、天然地联系在一起的。我们肯定不是仅仅生活在现实中，诗歌的维度也不单单在现实中，它必须从时间出发，用直接关联时间的那样一种浩大的观照体系，概括整个世界，然后才能把诗性意识对世界和人的关怀诚恳地落实在每一个时代。时间，才是人的那个来去自由的故乡。而诗歌创作又是必须有地点的，有时代现场和文化地理现场的。唯其如此，它才可以不辱使命，才能美妙地、神秘地呈现世界的时间结构，传承和落实来自时间的对人热血沸腾而又情深意沉的关怀！

如果把现代视作是人和时间的一个新的起点，在整个时间中，现代这一进程毫无疑问已不可逆转。我一直相信，在这个新的起点上的当代汉语诗歌，第一流的诗人深谋远虑，并早已经付诸于行动，他肯定有着基于地质地理史、哲学和思想史、以及现代以后的人类的无限可能性和语言之于存在盛德的通盘考虑。诗歌，这一最早由诸神直接参与的人类仪式，这一代表文明和人类命悬一线的终极性协调仪式的极端化文体，一定拥有着我们时代混乱生活之外异常特殊的语言神态。它居住在时间之中、我们的内心之中持续修炼，修炼着人和世界的真实的神态，那像生命本身一样生生不息、与时间同在的神态将会凝结为语言。或许我们并不是强大的结果，而仅仅是幸存的风景。是时间使我们变得有了意义并坚守着这个意义，而实现这个意义理想的场所是在故乡。故乡从古而今一再推进，穿越着由农耕之于现代的吊诡，在对时间的眺望和反复抵达中变动不居，这是故乡之爱的本意和自然伸展，这种本意和伸展与诗歌这种绝对文体和语言方式的本来属性和必然命运一脉相承。

我要说，诗人因为热爱故乡而不拒绝任何时代，他已经存在，他必然存在。现代由来已久，并不是什么素昧平生的事情，对于现代混乱事象中包含着的恐惧和蒙昧，诗人已经奋力澄清着一切，他正在到来，他必将到来，带来当代世界和语言之于时间的新答案。

2012年12月　西安

目 录

第二卷 鲸鱼与疆域

协调者的峡谷　第三卷

第四卷　飞机和雪

我一直崇拜的山　第五卷

第六卷　整理石头

北方的书写者

北方的书写者

我要用写下《山海经》的方式
写到一座山　仿佛向着深渊的坠落
山上的一座塔　落过很多鸟的尖尖的塔顶
它的原始的鸽灰色　我写下比冬天
更严峻的静默和消沉　写下塔尖上
孤独的传教士和受他指派的人
每五年都要清理一次的
鸟粪　灰尘和星星的碎屑

我甚至要写下整个北方
在四周的山被削平之后
在高楼和巨大的烟囱比山更加壮观之后
在一条河流　三条河流　九条河流
像下水道一样被安顿在城市深处以后

我要写下整个北方仿佛向着深渊里的坠落
以及用它广阔而略含慵倦的翅膀与爱
紧紧捆绑着坠落而不计较死也不计较生的
仿佛坠落一般奋不顾身的飞翔

北方那些蓝色的湖泊

越过黄沙万里　　山岭万重
就能见到那些蓝色的湖泊
那是星星点灯的地方
每天都在等待夜幕降临

那些只有北方才有的不知来历的石头
在湖边像星座一样分布　　仿佛星星的遗骸
等着湖泊里的星星点灯之后
他们将像见了失散多年的亲人一样面面相觑
不由分说偷偷哭泣一番

我相信那些湖泊同样也在等待我的到来
等待我不是乘着飞行器　　而是一个人徒步而来
不是青年时代就来　　而是走了一辈子路
在老得快要走不动的时候才蹒跚而来

北方蓝色湖泊里那些星星点亮的灯多么寂寞
湖边那些星座一样的巨石多么寂寞
它们一直等待我的到来　　等待我进入垂暮晚境
哪儿也去不了　　只好把岸边的灯

和那些在巨石心脏上沉睡已久的星星

一同点亮

黑铁与乌云

一块黑铁会像一块乌云一样
只有在北方的旷野上　只有夜空的星宿渐渐浮现出来
并使它的幽暗之光渐渐笼罩了万物
你才能感觉到那闪着同样幽暗之光的黑铁
仿佛寄放在时间中的种子　仿佛天空
把它曾经落魄的灵魂寄放于大地一隅
慢慢等待着前去收获的人

一块乌云会像一块黑铁一样
只有在北方的旷野之上　只有在它毛茸茸的触须
浸满了幽暗的星宿之光时
你才能感觉到它那黑铁般的饱满和自由
它不需要收获　就像大地上沉默的行者的心
除了星宿　黑铁的幽暗之光和一朵乌云毛茸茸的抚慰
除了独自行走　他不再需要任何收获

一块黑铁和一块乌云
在北方的旷野上一个在下一个在上
在幽暗的星宿之光下
同时啜饮着只有幽暗的星宿之光才能掂量的重与轻

一个会飞的孩子

一个会飞的孩子
和一架长着黑铁皮翅膀的黑飞机一起飞
和一只有着天使般大翅膀的大白鸟一起飞

黑飞机要飞向北方首都的机场
大白鸟要向南　向南
飞向荒无人烟的太平洋

但一个会飞的孩子
像一个飞行器一样没有翅膀
他的在导航仪上看不到的飞
没有任何地方可以降落的飞
他的像陨石一样越来越迅疾的飞
冒着阵阵寒烟
(而不是焚毁的热气)

一个会飞的孩子　他着迷于这游戏般渐入高潮的飞行
他的飞是人所不知的飞
他即将降落的地方
(致命的降落　连一声尖叫

都来不及发生的降落)

是人所不知
比内心更偏僻更荒凉的地方

吹过了头的大风

大风吹坏了北方　它旷野上
巨蟒般向前奔跑的列车
吹黑了太平洋上空的白云
和在一场暖气流中心的冰雪中打盹的
太阳懒洋洋的面孔
像过时的白萝卜一样　乌黑发青
而不知羞怯的面孔

大风中太阳的黑面孔
在太平洋的高处
吓傻了一架黑飞机
并毫无怜悯地折断了一只白天鹅
和一架大飞机的大翅膀
一只绝望的天鹅来不及哀鸣
和一只断翅的大飞机
你追我赶　在吹过了头的大风中
一同坠入太平洋

吹过了头的大风
还吹落了一座孤岛上的一块巨石

吹开了一座无名海沟里

偶尔跃过海面的一只大鲸鱼的胸膛

然后把它软绵绵的身体

像折叠一件无主的衣服一样

轻轻地投入

任何东西都喂不饱

陨石也喂不饱的

太平洋

大地的尽头

大地的尽头是雾
是一个少年的影子
被闷热中的蜥蜴追逐
从早到晚
一只蚂蚁饱经血腥的诱惑
带领另外一些蚂蚁
匆匆奔赴别处

我眼看着它们　在不远处的沙漠上
越过一小丛桃红柳绿
和一块低洼处的草甸子
与一些不明真相的雾一起
急行般地消失在
通往大地尽头的道路上

我将去收藏那些雾
那些跟雾一样白的
被狼吃剩的羊骨　马骨　驼骨
和无名牺牲者的骸骨

以及那些废弃的工厂里
废弃的铁　油漆桶　行刑架似的用坏了的车床
和殉难般到处堆积的铸铁废料

瞭望者

戴宽边草帽的瞭望者
他的可疑的行程　在夏天的北方
走向高潮　他的忽而被群峰突出
忽而又被幽暗的峡谷藏匿的行程
在渐渐靠近沙漠时
明显地慢下来了

一边是草原　一边是沙地的情景
令他迷惑　他看见
一条河流摇摆着尾巴
和一条受惊的慌不择路的蜥蜴
他们结伴而行　消失般地奔赴远处

我是在一辆比河流跑得更快的卡车
一晃而过时看到瞭望者的　我看到了宽边草帽下
他的阴影都掩饰不住的迷惑
和他的在高潮中夹杂着些许落魄
而忽然停下来的旅程

独流河

我要从最小的一条河流
一条沙漠上的河流写起

一条沙漠上的河流
河边住着蜥蜴　七星瓢虫一家
短暂而迷茫的飞　和仿佛不经意的
游戏般求偶做爱的生活
红色的石头　铁灰色　钢蓝色的石头
甚至黑色的石头
仿佛沉睡在时间内部
仿佛一个孩子玩到半路上的一场游戏
一条河流　在一个不修边幅的孩子的梦中
在一堆石头五颜六色的梦中
大大咧咧穿境而过

一条沙漠上的河流
多么清澈　河水中如同水晶一样清醒的沙粒
对细风带着沙丘微微滚动的茫茫草地
河床上堆积的污泥和杂草
对天空中飞过的红嘴鸦的黑影子

反复的遮盖和徘徊般的穿越
无动于衷

一条沙漠上的河流
对远处的山丘上　借助一棵偶然的树
偶然的凉荫　一边歇息
一边眺望的异乡人　对他眼睛深处
像火星子一样忽而闪烁忽而黯淡的忧郁
无动于衷

少年行

少年在后面追逐自己的影子

在旷野上追逐自己的影子
在山巅上追逐自己的影子
跳过大河　在彼岸狂奔
使出幻影般的率真在追逐自己的影子
在渴死许多候鸟的湖泊边
擂鼓般地敲击湖水　向着太阳嗷嗷直叫
被太阳烤红的湖泊红得像火
就着湖水喝饱了肚子的少年就像喝饱了火焰
他转身而去　更加疯狂地奔跑
追逐那影子
那被火焰在暗处煎熬的影子
那倾向于远方　试图脱身而去的影子
那是他想吐出一大堆肚子里的琉璃火球
在完成致命打击之后
试图让它永远停下来的影子
那是他要把身体的倾向性压得更低　更低
然后让全部的自己
融入其中的影子

我是梦见在后面追逐自己影子的少年的人
或者我也正是那被自己的影子所诱惑的人
我就是那个在自己影子后面狂奔的少年
我要越走越远

我的故乡在秦岭以北

天下人都知道 秦岭以北
(有很多事情一直隐藏得很深)
是我的故乡
山上的月亮透着羞愧的红
像刚刚哭过的样子 它的河流在草丛中
而它石龛里的神佛 被香火熏陶
黝黑中透着红光 就像父亲的红脸膛
被生活和灰尘反复洗涤后
在黑乎乎的胡茬里 闪烁着
某种既压抑又温暖的光泽

天下人都知道 我的故乡
但他们不知道 这些年来拖儿带女在外漂泊
我一直喜欢在暗处沉默
(我也有这从故乡带来的性格)

在暗处 回想父亲在河边杀掉一头老牛后
丧魂失魄 一个人在山上狼一样号哭
红脸膛上老泪纵横
"我只能跑得更远 而无论我跑得多远

我的心里都是摆脱不掉的哭声"
它们继续追逐着那些通灵的牲畜
这些年　一个乡下人
看到真理后的悲惨心境
我和我父亲　我们一直羞于出口

天下人都知道　在我的故乡
牲畜的亡灵比人的灵魂
更长时间地折磨着生活
贫穷是一种古已有之的误会
它的树上不养鸟鸣
只养在秋天向下坠落的树叶
它的河里不养鱼　但养那种蛙鸣
在月夜里　它的叫声
刺穿河流中心蓬勃的草丛
一会儿像父亲的嘀咕
一会儿像婴孩的哭泣
使夜色更寂静更凄美

天下人都知道　我的故乡
父亲和母亲等着归土的村庄
如今显得更加空荡　某个冬季
等我回去以后
那已是父亲归山的日子

雪像白衣服一样紧紧地裹着
奔丧者木棍一样的身子
哭声像结冰的河道一样
蜿蜒而僵硬

天下人都知道　秦岭以北
那是我的故乡　和许多人的故乡
天下人不知道的是　如今那里的人
一天比一天少了
草丛茂盛　蛙鸣寂寥

南方 北方

生活在北方　有许多高山
也有许多空旷的地方
我其实更习惯于在低处　在不同的山谷里
用我身体的细小和结实
丈量那些小事物

比我更细小的是蝼蚁和一些鼠辈
它们在卑微的地底下出入
发出通向另一世界的响动
比我更从容也更胆怯的是野兽
它们在山林里出入　被盗猎者追赶
月黑风高 偶尔也在旷野里迷失

我也有上山的时候　向高处仰望的时候
也会像风一样
迷失在旷野里　眺望远方至迷雾升起处
但我并不会高看这个世界
也不会让自己陷入迷惘而不能自拔

长年待在北方　满目都是让人长见识的事情

当那些喜欢北方的候鸟再一次归来
带回南方的消息　那里
今年夏天暴雨成灾
热浪中死了很多人

我和我的山谷　甚至整个北方
禁不住陷入了长久的沉默
想到那里很多地方生来就很低
沉痛的心　便重重地向着南方
开始下坠

仿佛一只心脏突然裂开的鸟
像没有称重的秤砣
从天空快速地往下降落

毛乌素，
偶遇老得失去知觉的牧者

比死鱼肚子还苍白的沙漠
比盐碱还苍白的沙漠
如今住在他的耳朵里
住在他的眼睛里
住在他的汗毛孔里
住在他的喉咙里

被太阳榨干的一身老肉皮
再也榨不出一滴油水
一副衣架似的老骨头
已无法堂皇地撑起
那一堆破布片般向下披挂的皮囊
他还没有告诉我什么　就开始出声咳嗽
但那声音钻入已经萎缩到最小的肺里
用刀子掏也掏不出来了

迎风而立的老人　后来只咳出一滴细微的泪水
一滴让眼角屎都无法湿润的泪水

还有一阵恍惚之中　我的
像井水一样在身体内部弥漫的泪水

和镜子睡在一起

一只白天鹅
(也许仅仅是一个类似的白乎乎的事物)
和它的不太真实的白
在秋天的天池里
在比新疆还远的地方
和镜子睡在一起

一块有弯度的巨石和它的黑青苔
和一大堆白花花的鸟粪
在大河上空的危崖上
在古代的风中　在一只试图确定
飞翔姿态的鸟的翅翼下
和时间睡在一起

一条蛇在丛林中蜕掉白皮
(这一切只是在想象之中)
追逐一只饥饿的老虎未果
在迷失了返回洞穴的道路之后
由于恐惧而仓皇逃窜
天黑之前它要赶到旷野上

和乌云　月亮睡在一起

我父亲和他的白发
以及他的黑皮中的白骨
今夜在故乡的梦中和我的梦中
闪着无处安放的白花花的寒光
和某种难以名状的忧伤
和北方的群山睡在一起

童年时候的一座山

先是一座巨石突兀　绝壁上倒挂着小柏树的悬崖
然后是一架望不到头的山坡
最后才是山顶上那棵雄伟而孤独
夏天夜深时明月伴着鸟噪的树

我总是一个人登山　在八到十岁的时候
独自攀上悬崖　穿梭弥漫整个山坡的滚滚麦浪
麦子长得比我更高　使我总是无法眺望
与天相接的山顶和山顶上的树

有几次我完全迷路了
像中了鬼的圈套
风吹麦地的沙沙声使我越来越害怕
我的喊叫没人能听见
我的哭泣没人能听见
我的绝望使我在麦地的中央　抱紧了一棵麦子
颓然而坐　并渐渐昏睡过去

其实我到山上只是想看看　那树上
到底住着多少种鸟　只是要数一数
那树上到底垒起了多少鸟窝

野孩子

野孩子　为了一天比一天走得更远
春天选择扒火车
冬天在航空港里进进出出
而夏天　在一片指向有争议的水域的码头上
打听着一个失踪多年的老海盗
和他的饰满了怪兽花纹的大海面具
试图驾海远游

野孩子　很多时候难免蓬头垢面
奔奔跳跳忙个不停的野孩子
深知有许多东西必须去远处寻找

更多的时候　在一些叫异乡的地方
他不断地被人从火车站赶出来
不断地因为身份证问题而滞留在飞机场
一支支香烟和它上面缭绕的烟雾
一再埋没了那些似曾相识的面孔

他满怀忧郁地看着他们　并渐渐看透了他们
就像他曾经看透了寄生在头发深处

和麻布夹衣中的几颗虱子
以及被油腻所腐蚀的帆布背包中
几枚穷人一样躲躲闪闪的小铅币

现在　他甚至提前看到了一处未来的海滩
或者一处远离大海也远离人烟的空旷之地
在那里　他正掐灭虱子
等他掐得高兴了
再无拘无束地向远处飞奔

一个人将要离开北方

一架飞机和它拉过秦岭的黑烟雾
是北方和天空的面具
一只乌鸦和它犹豫的飞　是一个夏天的正午
不知所终的面具

一个人　在北方的旷野上不安地行走
由于遥远　他有时小得像蚂蚁
他正独自练习着普通话
试图在离开故国之前　在抵达
冬日的火车站和夏天的航空港之前
将自己伪装起来
他是大地将要远赴他乡的面具

一个将要离开北方的人
他做着再也不回来的准备
却意外地发现　孤立在旷野上的烟囱
和它上面懒洋洋的烟雾
仿佛大洋里一条倒扎猛子的末日之鱼
突然在深处藏起了自己
像是在哀悼一个没有姓名的夏天

和它的松树枝会议上将要展出的
九十九个没有姓氏的面具

一个没有姓名的夏天　面具重重
一个将要离开北方的人
一架飞机和一整列火车都载不动
他的影子和他内心的
面具般无名的　也是恍惚的
重

青海：童年时候的一场雪

美好的雪下在寄养于西宁的童年
又单薄又贫穷的童年
美好的雪在北风里呼呼地吹着
歪歪斜斜地下在又冷又硬的青海省
美好的灰蒙蒙的雪
与山一样的乌云一起从高山上冲下来
下在一个小小少年因为思乡
而背着人刚刚哭泣了一番的
试图用两只眼睛和两只幼稚的脸蛋
隐藏起来的潮湿里

珍珠劫

地球上好多来自天外的事情 比如珍珠
我是打小就决意要获取它的人
我由此也是未及成年就听到了命运的召唤
像逃离劫难一样逃离故乡的人

我爷爷知道我是外出谋取珍珠的人
他归天时我正在西藏 比他灵魂更高的山上
我第一次引颈眺望故乡 第一次
两手空空痛哭流涕
我父亲知道我是寻找珍珠的人
他在梦里能反复看见我
手拿珍珠头破血流的样子
他为此天天为我捏一把冷汗
夜夜为我做一场噩梦

我后来才知道 我们村上
那些从野外拿回珍珠的人
一个个都没有好下场：他们有的莫名其妙地发疯了
像山鬼一样终其一生沿着山脊狂奔
有的旁若无人 对天妄语 昼夜不止

有的在失踪多年后　突然传来消息
那个人已陈尸于异乡的街头

我其实一直在改变自己　比如前不久
我终于回到乡下老家
看望比记忆中的爷爷更为衰老的父亲
却发现只有他依然怀揣一颗至死不渝的心
在临别时一再叮嘱：
"城里珍珠多，喜欢你可以多看看
但千万不要拿它回家
好珍珠烫手也要命啊！"
虽说有些心不在焉　但我仍然像一个乖孩子一样
答应着父亲　一边答应
一边依然是向外走的人
依然是怀揣着灰尘和野性的一个人
一个多年寻找珍珠而不得的人
一个被来自天外的事情所左右的人

但我记住了那一刻　那一刻
傍晚的乡村已暮色苍苍
当父亲和送别的人渐渐隐入黑暗
我也渐渐隐入黑暗之后
我突然变得不能控制自己
在黑暗中徒然地举着空空的两手
禁不住热泪滚滚

戴稻草头巾的玩偶

他喜欢乌鸦倾斜着慢慢靠近的飞翔
和飞临之后预言似的沉默
或者比预言包含了更多征兆的喋噪

但他的预言是空的　在春天是空的
在夏天是空的　在冬天也是空的
就像一场历经北风周折的大雪之后
高压线上的冰块和鸟巢是空的
太监脸上的虚火去掉以后
那裹尸布一样的白脸是空的
和他一起看秋的人回家之后
冬天的旷野也是空的

戴稻草头巾的玩偶
和乌鸦一块儿玩过了头　当乌鸦
急匆匆赶往别处参加另外的歌唱
他孤立着　被风渐渐撕裂
渐渐地暴露出他身体中的空
心中由一堆烂草充当着的空

以及由他的空所强调的
整个山野又荒凉又破败的空

夜行车

黑铁轨经过白茫茫的北方
像两个失意的人
两条黝黑的铁轨伸入北方的夜里
那去年就不再安详的黑暗
悬崖上的危石已被工程兵
通通清理干净的黑暗

那些乘着夜深离开北方的人
他们空洞而疲倦的表情
像陷入回忆一样守着靠近窗户的地方
关在车厢里的灯光
与他们一同注视着　对方

他们只是想最后看一眼一个地方
(不过这绝不是唯一的目的)
一个人烟不再的村庄
一个被关在它的空房子里
和空荡荡的院落里的村庄

一个被冲出隧道的夜行车忽然照亮
又迅速甩在后面的村庄

回乡记

一见面母亲就哭晕几回
而父亲则用连续多日的沉默　提醒我
我认识的很多人已经不在了
我不认识的很多人也已迁往他处
被故人撂荒　空空如也的村庄
我已不需要太多走动和寻访的礼仪

那座童年时候的山　如今道路纵横
机声隆隆　夜晚降临后我才知道
山上那棵威风凛凛的树也不在了
比它更加威猛高大的钢铁井架
代替它站在高处　那上面的探照灯
能穿透十公里远的范围　大地的远方
已不再苍茫　已无须站到高处瞭望

我想带走的父母　如今已看好了坟地
"归时已定，何须远行。
再远的路也远不过生死路，
我们已经到头了，你只管去吧，
好好走自己的路。"

我离开的那天
母亲不再哭泣　沉默的父亲甚至面露喜色
哭声是从山上传来的　像牛嚎一样
据说那是二爷　少数留在村上的几户人家
他唯一的儿子用蛇皮袋和拖拉机偷贩原油
三年前的一天夜里坠崖而亡
变成了一堆碎铁中的一堆碎肉

我驻足良久　有些犹豫而无主的冲动
那座童年时候的山　被炸掉一大半
那座因残破而更显凶险的山上的悬崖
像黑狗一样蹲着号哭的二爷　那绝壁上
最后几棵盘曲而孤单的小柏树
那站在山地上默不作声送别的父亲母亲

我已无法回身最后一次遥望
仿佛喉咙里突然卡满了一堆难以下咽的冰块
伴随着一阵轻微的眩晕
我悲怆顿生　久久不能自已

异乡人

异乡人来到了北方
我的故乡

异乡人　就是那些操着外乡口音
外地面孔的陌生人　他们胖如母鸭
笨如蠢猪　却和我一样喜欢攀登高山

他们带来了满村子的风声
一条路要修到山上　巨石的悬崖将要炸掉
山上的麦浪　将要被驱赶到另外一座山上
只是山顶上的那棵树　有些神奇
正在研究处置方案

我曾经多次尾随他们
看他们冒着危险　喊爹叫娘往高处爬的样子
从后面默数着那些或男或女或肥或瘦的屁股
看它们怎样惊恐不安地扭动
有点幸灾乐祸　但还不至于仇恨

这好像不合常规

很多年中　我像失踪了一样
很多年中　我好像从未存在过一样
很多年中　我好像死了一样
我离开了故乡
我也成了一个异乡人

气球与空虚

地球就像一只令人出其不意的气球
里面是实的　外面是空的
在无边无际的空虚里飘荡着

在无边无际的空虚里飘荡着的气球一样的地球
它的头是重的　它的翅膀是重的　心也是重的
不费吹灰之力就碰落了一架飞机
碰碎了一只老鹰
甚至将不慎撞倒的一座山扔垃圾一样扔进了大海
从而把它们不得要领占领过的空虚
重又还给了无边无际　只有宇宙才配得上的空虚

从而使气球一样在无边无际的空虚中飘荡的地球
有了心脏一般既敏感又敦实的形状
和比心脏还要难以憋破的
但却能被空虚所憋破的气球所验证出的
全部空虚的真理

鲸鱼与疆域

疆 域

从贺兰山到秦岭

(向北挡风　向南挡雨的两座神山呵)

从巨石到巨石

越过一条咆哮的河流

和另外几条不咆哮但有些异样的河流

越过沙漠　草甸　丛林

飞鸟的高度　鹰的高度和鱼的深度

土拨鼠和蚯蚓的深度

是我的疆域

是马的疆域

是祖先和他们的尸骨

齐石一样散落在各处安息的疆域

是传说和神话野草野花般生生不息的疆域

我知道这跌宕起伏的大地　这疆域

它曾有的自尊是狼群在奔跑中

抖动尖如匕首的灰色鬃毛

我知道一座沙漠在历史中漏掉一个湖泊的速度

我知道一只遗鸥在天空中逃离的速度
它习惯了湖泊中的湛蓝
以及淡水鱼的鲜美　但它还不习惯
天空的湛蓝　西北风的凄厉
和体力耗尽之后软弱不堪的飞

肋骨一样密密匝匝的火车轨道　重伤者的
绷带一样缠了又缠的国家大道
石油钻塔巨怪似的隆隆轰鸣和可以撕裂整个宇宙的
探照灯

而有关一些古怪的鸟和它的巢怎样秘密般地消失
一群盗墓贼的洛阳铁铲
在寂寞山谷中幽暗而残忍的闪闪寒光
被一群警察突袭
怎样把自己的死和地底的白骨永远合葬一处
从此杳无音讯

我是今天骑马追究秘密的人
我是乘车追踪秘密的人
我是像闯入异地一样深入本地
试图打探消息的人

地道战

我一直想修一条地道　一条让对手

和世界全部的对立面　丈二和尚

摸不着头脑的地道　它绝不是

要像鼹鼠那样　一有风吹草动

就非常迅疾地藏起自己的胆小

不是要像蚯蚓那样

嫌这世上的黑暗还不够狠

还要钻入地里去寻找更深的黑暗

然后入住其中　也不是要像在秦岭山中

那些穿破神的肚子的地洞一样

被黑洞洞的羞愧折磨着　空落落地等待报应

我一直想修的那条地道　在我心里

已设计多年　它在所有方位的尽头

它在没有地址的地址上

但它并不抽象　反而十分具体

比如它就在那么一座悬崖上　空闲的时候

有一种闻所未闻的鸟就会飞来

住上一段时间　乘机也可以生儿育女

如果它是在某个峡谷里　那些消失在

传说中的野兽就会回来　出入其中
离去时不留下任何可供追寻的踪印

比如一个人要是有幸住在那里
只能用蜡烛照明　用植物的香气呼吸
手机信号会自动隐没
比如只有我一个人　才谙熟通向那地道的路
那些盯梢的人　关键的时候被我一一甩掉
他们会突然停下来　在十字路口
像盲人一样　左顾右盼
不知所措

我一直在修造着这样一条地道　或许
临到终了它也派不上什么用场
或许有那么一天　其实是无缘无故地
我只是想玩玩自己和自己
捉迷藏的游戏　于是去了那里
把自己藏起来

安 顿

你看到的这个世界　一切都是安顿好的
比如一座小名叫做孤独的山
已经安顿好了两条河流　一条河
在山的这边　另一条河
在山的那边　还安顿好每条河中
河鱼河鳖的胖与瘦
以及不同于鱼鳖的另一种水生物种
它的令人不安的狰狞
天上飞什么鸟　山上跑什么狐狸　鼠辈
河湾里的村庄　老渡口上的古船
这都是安顿好的

你看到的这个世界　安顿好了似的世界
还有厚厚的大平原　有一天让你恍然大悟
住得太低　气候难免有些反常
而你也不是单独在这个世界上
下水道天天堵塞　许多河流　在它的源头
在更远处是另外一回事情　许多的泥泞
和肮脏　只有雷电和暴风雨才能带走

你看到的这个世界　被一再安顿好的世界
今天令你魂不守舍　你必须安顿好
愤怒的大河从上游带下来的死者
河床上过多的堆积物　隔天不过就发臭的
大鱼　老鳖　和比钢铁更坚固的顽石

你看到的这个世界　别人都在安顿自己
你也要安顿自己　但这并非易事
你必须在嫉妒和小心眼的深处　像杀活鱼一样
生吞活剥刮掉自己的鳞片
杀掉自己就像杀掉另外一个朝代的人
杀掉自己就像杀掉
一条鱼

接下来　时光飞逝
可能大祸临头甚至死到临头了
你依然是一个魂不守舍的行者
还在路上　为安顿好自己
还有世界内部那地道一样多疑的黑暗
匆匆赶往别处

一座湖泊突然消失之后

这一带的沙漠
原先都在绿汪汪的湖水下
都在鱼肚子底下
都在老艄公已经开始腐朽的船肚子下

仿佛整个国家的肺正被暗暗地腐蚀
湖泊突然消失后暴露出来的沙地
像一场灾祸一样朝着周边蔓延
那些煎饼一样瘫倒在地面上的树
草学着它的模样　灌木丛学着它的模样
失去了庇护的虫子也学着它的模样
带着一群五颜六色的鸟飞走了

甚至一个偶然到来的旅行者
在做梦时也学着它的模样
他梦见：在另一些湖泊相继死去之后
沙漠中整日昏睡不醒的夸父将会醒来
他将舒展身子　像呕吐珍珠一样囫囵吐出
他吞食已有一万年光阴的十颗太阳
和旷野上顽石一般　被十颗太阳

反复碾轧都轧不碎的心

而他曾经喷出火焰的双眼　将在悔恨中
喷出两座湖泊　十条黑脊背的大鱼
和某种像鸭子也像天鹅　未婚先孕
闻所未闻的奇异之鸟

——"嗨！我是说这样的事情能否发生
　　咱们最好暂且不论！"

重金属：
玛丽莲·曼森和他的摇滚肖像

他的前妻是脱衣舞明星

在身体上种下不安分的乳房

有着重重腥味的大海的蓝

以及可以读出刻度的

玻璃血管　让玫瑰和蔷薇

永开不败的瓷瓶的蓝

他的另一个前妻是煤炭经销商　偶尔

也做贩运石油的生意

在星光下　让一种乌黑走俏的人

怀揣着重金属　也是越来越潮湿

越来越爱害羞的金属

而雪　在梦的边界上翻起尘土和岩石

开出充满死亡碎物的推土机

把他变成旧世界

把窒息旧世界的毒药

托付给睡眠在玫瑰花瓶的蓝中的

重金属的使者

(一个男人　不能没有重金属

世界也不能没有重金属

不能没有它在黑暗中安详的睡眠

以及某种程度的杀伤力

和沉默的锋芒)

关中平原

关中平原　长出西安这么一个好地方的地方
你其实是一个盆地
一个长得像女人的子宫
一样神秘的盆地
戴着重重的面具：帝王　宫妃　传说
又有着比兵马俑更僵硬因而也更凄迷的表情

渭河　泾河　灞水
这些曾经让美人和时间一同肥腴的河流
如今就仿佛消失了一样
没有人再关心它们的下落
而地铁车站像一个好色且性格忧郁的帝王
新修的藏金纳娇的地宫
地铁车厢像一个未知朝代转世的亡魂
在半睡半醒的红眼睛的灯光中
满载着昏昏欲睡的人
一晃而过

这是一个下水道比河流更重要的时代
这是一个谈论地铁隧道穹顶造型

比谈论天穹更多的时代

关中平原　长得像女人的子宫

一样神秘的盆地

如今你只是一个被反复翻动的盆底

没人用身体丈量的盆地

被麦子的金黄　雾霾　雪的颗粒

暗藏的河流和一座座自世界各处偷来的城堡

反复埋掉又反复掀开的

盆地

我偶尔路过的一个地方

好像以前曾是一处香火还算鼎盛的庙宇
要不就是某个有名头之人的院落
但这都发生在早已死去的某个朝代

很久很久以前的朝代　已经灰飞烟灭
一个主人们再也不会回来的地方
一个如今已交给蜘蛛守候的地方

一个人气和鬼气渐渐都要散尽的地方
一个树林子和略微的杀气
相伴而生　越长越旺的地方

可以肯定的是　这个将要长久荒芜下去的地方
再过多久都不会成为天边
狼的天堂
和鸟的天堂

异 类

一只乌鸦　和一只狐狸
一个在树枝上
一个在树底下

乌鸦见了狐狸喜欢练练美声
狐狸瞅见乌鸦就想演演口技

一只乌鸦和一只狐狸
两个互知隐情的异类
用歌唱和花言巧语比赛一番聪明之后
从此天各一方

鲸 鱼

住在沙漠上的人　眼看着许多湖泊在身边死去
他的眼睛是深蓝色的
眼睛像海水一样澄澈深邃
他和他　被巨浪般起伏的沙丘分散在各处
他们是没有邻居的人
他们一辈子很少言谈　偶尔相遇在一起
会谈论到终生未见的大海
他们谈论大海
那黑压压的墨蓝
谈论鲸鱼惊人的白
以及军舰般秘密的潜行

住在沙漠上的人很了解大海和鲸鱼
住在沙漠上的人在相互谈论
一座大海和一群鲸鱼准确的死期
以及死亡之后　在绝望的礁石上
由于一条美人鱼的歌唱
那些大海和鲸鱼　仿佛睡醒一样
重又复活的样子

想象一只蜘蛛在村子里的生活

树林子茂盛
野草茂盛
没有香气的野花　无主的野花
在热腾腾的太阳下面
也在成片成片地茂盛

在一座又一座荒败下去的窑洞庭院里
蜘蛛茂盛
蛛网茂盛

还有窑洞四周更茂盛的野兔和野鬼
月光下他们自由出入
缺乏动机的红眼睛的窥探　强调着
一孔窑洞里的蜘蛛的饥饿
它的四平八稳的等待
它的不事幻想的等待

一只蜘蛛注定是饥饿的
不需要阳光哺育的蜘蛛和蛛网
它们在黑暗中　或类似黑暗的僻静处

那精于设计的圆盘丝网
牢固而宽广地左右着每一个方向

传达着饥饿的活力
不再幻想的活力　和只属于
一只蜘蛛的天机

种树记

今年是不寻常的年份
大地丰饶　雨水充沛
我要在三个连密探也打听不到的地方
种下三棵包含着难解之谜的树

第一棵我要种在长满大石的山岭里
人所不知的深处
巨石和万物奔涌不息的王者之地
时间里一往无前的众山的首领
我的树喜欢这里
喜欢这任由伟大的根系千古盘结的领地
这静悄悄的宽阔和深邃
略显孤僻的引领与包容

第二棵我要种在大平原深处
富人的丫环脑满肠肥懒得耕种一寸的地方
穷人不慎打破了铜壶而汲取不出井水的地方
仿佛罪人一样被荒芜着的地方
我的树将在这里慢慢长大
像一个野孩子一样长大

像一个令人怦然心动的野孩子一样

独立在地平线上

第三棵树　我选择了一只行将就木的大鸟

和一条行将就木的大鱼的宅基地

在它那人迹罕至的深度荒凉的草丛里

我种下注定要与河流和白云为伍的树

种下注定要让一条非正常死亡的河

和时间的名声传得更加久远的树

今年真是不寻常的年份啊　在北方

在祖国特有的辽阔　浩瀚与高远之中

群山在飞鸟的高度上

视线开阔着灰毛鼠和蚂蚁的渺小

我在仿佛失传的秘密领地上

种下了三棵树

三棵真实而不事修辞的树

心爱的树　庄严的树

让密探的神经喝了毒药般麻木不仁的树

让魔鬼和大神的雷电与砍伐计划再也无法执行的树

其实是种在我全部的生里和死里的树

偶然之河

我暗暗喜欢着一个地方
不像砾石或岩石
那样坚硬　也不像沙丘那样好动
和狐疑不定的一个地方
有几棵矮矮的树
细密　严谨　但并不令人迷惘的草地

像来自于偶然之中的一条河流　细小的河流
烈日下干枯下去雨水中又涨满起来的河
是放牧的马匹消失的河
是牧者和他的羊喝饱之后迷途的河
是一个独行者越过它时
只喝了一小口
不多久就丧失了方向感的河

是一条细小和谨慎　貌似卑微
但每时每刻都准备好要再大一些
或者干脆消失的河

挖掘机

我的挖掘机在挖着树根
比旧世界还陈旧的古宅子
那些幽灵和鬼魂
像一头猛兽
它的牙齿摇晃着锐利的铁　撕咬着
深入大地千尺之深的根
(多么巨大的根　被一块块地剥掉了皮
也像怪兽一样　狰狞而凄厉)

那千丈之高的树啊
此时就像纸做的一样　毫不华丽地
在瑟瑟发抖中倒伏
(而它在风中的摇曳曾经是
华丽而雍容的　它对鸟甚至云的
支持曾经是威严的　秘而不宣的)

我的挖掘机不害怕雨水
也不知疲倦　它经过几乎所有的地方
森林　草地　河流
以及镜子一样湛蓝的沙漠里的海子

它还计划要一步步逼近南极　北极
它要挖掘那些冰山　挖出那些
深藏冰中的白熊　黑企鹅　和老得
已经发不出两声咳嗽的极地鲸王

我的挖掘机和我不一样　它没有同情心
它追赶着那些搁浅在沙漠里
无奈哭泣着的鳄鱼　它追赶着
狮子和大象　在树林子之外
在热带之外　让它们不知所终地整日行走
悲壮而凶悍地走向地平线之外

我的挖掘机和我不一样　当我又一次
抚摸着又一棵倒地而死的千丈之高的树
满含泪水　它却如入无人之境一样
它就像一头终日饕餮而不知满足的
猛兽一样　它不停下来
披星戴月　继续向前

向上的和向下的

山是向上的
(这是我不放弃它的理由)
森林是向上的
(这是大地不放弃它的理由)

一只花斑猎豹像闪电一样
穿梭着森林的幽暗　这恰如其分的敌意
也是向上的
它使一些胆怯和渺小的事物
必须藏得更深或者逃向更高处
在闪电或冰雪中　锤炼
生存下去的法则　和在太阳底下奔跑的本领

在狼嚎虎啸之中
甚至连死也是向上的
一切埋在地底的东西
都和根系连在一起　那里
死亡大手大脚地　加入另外的生命
然后只剩下白骨　像灵魂在更深处完成了脱胎换骨
出落得干净　美丽　神采奕奕

大地向上　森林向上　尘埃向上
森林中的动物和养料
以死和相互湮灭的形式　向上

太阳仿佛是向下的　月亮
模仿者的楷模　也是向下的
但那光束中广阔的尘埃
它的沉默和寂静　由于太轻
由于更接近本质
它在光中携带着光的中心
是绝对向上的

杀生之美

我模仿着某种野兽的样子
引颈高叫着
而树丛中的鸟愈发沉默

被震落的树叶　仿佛不幸中弹的鸟儿
缓慢而略带迟疑地从高处飘落下去
在草丛里深深隐藏起来

好鸟或假想之鸟

一只好鸟　是不会轻易飞越城市的
那是精疲力竭的事情
危险的事情

一只鸟飞过城市头顶
那一定是一只生病的鸟
一只眩晕的鸟
一只半昏迷状态的鸟

一只头脑已在火中死掉
而翅膀还活着的鸟
当然有可能它也是一只
好鸟

目前的形势仍然糟糕　好鸟
应该像传说中的云朵一样
居住在深山里
或者比山更深的什么地方

一只好鸟是不会轻易飞越城市的

兽

一日千里或一日万里

钢铁的速度追赶着烈日

尘土在清澈的风里不动声色的喧闹

被岩石不断抬高的大地

以及一座被植物和死亡的海子送到尽头的沙漠

向北　向北　再向北

辽阔中北方缓慢上升

在那些不断矮下去的事物：山　树丛

捉襟见肘的植被　被强烈翻起的羽毛

一只乌鸦被风压得越来越低的飞翔

天和地结合得更紧　仿佛不分彼此

向北　在钢铁的速度里

钢铁穿越着虚无　仿佛这虚无

正引导着这烈日和旷野

向着世界之外奔走

在一只鸟的高度上

以另外一种方式向北

向北　在一万米的高空中

只有指南针有方向　而世界
是没有方向的
飞行器抖动着钢铁的骨架
从一个点到另一个点
一场笨拙的飞翔　免不了要吃尽
烟雾的苦头

和天融为一体　在它的辽阔里
在更高的地方　在天的尽头
不动声色的云团等着你的追逐
空虚等着你的追逐

向北　而一旦醒来之后
我注定是要下降的
世界是一头猛兽　我也是
裸露着金黄色的脊背
我饮下世界这团烈火
向着遥远的北方一晃而过

身披黑熊皮的人

这一带的山上有过树林子
树林子里有过怪树　怪鸟　怪兽
但从未有过熊

身披黑熊皮的人
正午从远山上下来
在城市边上　在积雪尚存的阴影里
徘徊　歇息　时不时
还熊模熊样地挠着痒痒
他漠然而无所顾忌的表情
和他的黑熊皮　引来许多茫然的注视
以及整个小人多多的城市
一阵比一阵更多的狐疑与不安

身披黑熊皮的人
他耀眼的黑
和那黑熊一样笨拙的举止
其实一开始就透露着试图转移行踪
而又犹豫不决的种种迹象
也像是一个约定已经落空后

正挖空心思地准备着
另一个黑熊皮一样
沉着的对策

或许他正等待天黑
当黑熊皮一样的黑夜来临
趁黑暗沉重　行人渐渐稀少
猎人般的警察和城管队员
放松了警惕——

今夜他要打入城市的内部
像个老谋深算的间谍一样　从此潜伏在
他想好了要去的地方

老 虎

老虎在夏天的远处
有时慢悠悠地踱步
有时像被深深地激怒了
带着恐惧和怒吼　或者一声长叹
向更远处狂奔而去

夏天的远处　一只被炎热折磨得
快要发疯的老虎
它在慵懒而恐惧的方向上
不怀好意地窥视着
一只羚羊接近腐败的死亡
被风和成片的苍蝇撞落的
尚未完全成熟的草的籽粒

夏天在远处砍伐着树林子
荒地上的少年　他与虎谋皮的用心
无处可藏
(正如那天生的忧郁
被鹰一样锋利的瞳仁泄露无遗)
他正经历着　夏天明目张胆的腐败
和花斑虎皮下
步步逼近的隐秘的疼痛

卖咖啡的外乡人

卖咖啡的外乡人　去年就来到我们的城里
他的箩筐里挑着类似于箩筐的箩筐
口袋里装着口袋和形迹可疑的瓶瓶罐罐
看他那咖啡一样又黑又红深不可测的样子
一定是来自热带的乡下　甚至有可能来自于
一座比烟雾还遥远的热带海洋深处的孤岛

像一座孤岛一样
(有他眉宇间某种气质为证)
卖咖啡的外乡人坐在路边　兜售自己的黑咖啡
黑咖啡铁桶上的热带雨林以及几乎脱光的一个美女
热带雨林的放肆的翠绿　以及和他一样
近乎半裸的又红又黑的美女
强调着他过分的沉默也包藏不住的某种神秘倾向

卖咖啡的外乡人来到我们的城里
这只是一个不远处就划着边境线的边城
不喝咖啡　不喝茶　甚至连井水也不喝
只喝去年冬天用皮囊藏起来的雪水和冰水的边城

卖咖啡的外乡人卖不掉自己的咖啡
像一座孤岛一样陷落在行人稀疏的路边
就像他的故乡的孤岛陷落在人烟苍茫的大海远方
就像他又红又黑的眉宇间偶尔闪烁着灼热的
忧郁的目光

带着一座由自己亲自划定了边境线的边城
在缓慢的尘土和时间所特有的寂静里
不愤怒也不清晰地缓缓沉落着

一只鸟和两个人的境况

北方之北　空旷辽远
越过传说　名贵之鸟被猎人们斩尽杀绝
从风中歪歪斜斜吹来的一只乌鸦
来自天空无限的空白

被遗弃在大地深处　像一颗种子
当我渐渐成熟起来
拥有了某种类似野兽的表情
我愿那是可以让一棵颓败的树
在颓败中突然振作起来
和某种程度上
可以继续泄露天机的表情

被风推动着　一个误入城中的孩子
他持续沉默着　像某种绝迹已久的动物
喜欢一个人在阴影里行走
也喜欢乘着夜深人静　独自一人
攀上市政广场的电报大楼大喊大叫一番
之后　像一个不修边幅的小精灵
再一次回到地铁过道上的熟睡中

四只屎壳郎怎样轻易地带走了地球

首先　是来自卡通故事中的四只屎壳郎
它们像掏空一只驴粪蛋一样掏空了地球
并乘着夜深人静
使出了吃奶的劲头折腾着
试图把它秘密运往别处

接着是一场奇怪的瘟疫袭来
它就像假想敌一样难觅行踪
四只屎壳郎被率先杀死　一只只四脚朝天
那是一种奇怪的风　它不吹拂而是弥漫
它所经之地
草地在枯萎　森林在白燃
河流在干涸　海域和它的蔚蓝
像装在漏斗里
迅疾地下沉

与大海一齐下沉的还有
南极和北极的冰层与雪峰
它们在涣散　塌陷
被浓雾无限地带向无限的高处

将天空的湛蓝涂成灰蓝

美国　中国　和俄罗斯
欧洲　亚洲　和非洲
白种人　黄种人　和黑种人
这些曾经比真实更真实的敌人　如今就像假想敌一样
藏在各自的凉棚里
不再互相伤害　也不知道
彼此的下落

协调者的峡谷 | 第三卷

协调者的峡谷

我曾是一个赶鸟的人
在北方的群山深处　从一座巅峰
到另一座巅峰　从一座峡谷到另一座峡谷
从一座树林到另一座树林
不断协调鸟与鸟
与树林子　与庙宇里冰冷的神和热气腾腾的香火
与潜伏在荒草中的属羊人和属虎人的关系
我甚至还得协调日月星辰
及其它们之间的关系
协调一场雾到来或离去之后
它们之间的关系

我不仅仅是用棍棒　同时也用语言

那些听着我说话长大的鸟
有时候它们会成群结队
飞向南方
(如果路过秦岭
不慎折翅而死那是另一回事)
在南方　鸟们落下去的地方

它总会叫醒那里的一些山水
另一些山水　继续着一种古已有之的睡眠
喜欢啼叫的鸟们
也会无奈而沉默地在寂静里
走一走　并不惊醒它们

我曾经长久地在北方的高山里
做着赶鸟的工作　与鸟对话
等待各种不同的鸟
自各种不同的季节　不同的方向
飞来又飞去

阴 影

一座太过高大的山
(譬如连飞机和浓雾都难以到达的珠穆朗玛)
你无法观察到它的阴影

一只飞得太高远的鸟
(如果它像飞机一样　喜欢飞到云层之外)
你无法观察到它的阴影

一座大海因为有着近乎无限的宽阔的蓝
(以至于有一条鲸鱼正在深海的黑暗中嬉戏)
你同样找不到它的阴影

但如果你的内心里住着阴影
(如果你想像清除杂草一样地清除掉它们)
你必须远赴他乡找到山的阴影　鸟的阴影
和大海的阴影

造飞机的乡里人

天上飞过鸟　也飞过飞机
把鸟认成飞机或想象成飞机的
不是小孩子
而是城里人

把飞机认成鸟或想象成鸟的
同样不是小孩子
是城里人

我想起早年在黄河边上
造木飞机的兄弟俩 我的邻居
像老鹰一样　整日盘踞在峭壁上
等着夜深人静后
再折腾那些高过房屋的木料

我现在才明白了　被大河和悬崖阻隔的兄弟俩
比我们更具有想象力
大河两岸　吃着榆树叶就着阴影长大的我们
暗暗迷恋着一切飞翔的事物
同样也是造飞机的乡里人

天上飞过鸟　也飞过飞机
有朝一日　也会飞过一些不修边幅的人
那是造飞机的乡里人
而不是城里人

怎样变成一个城里人

有很多次
你必须像贼一样　晚出早归
在深夜潜回故乡
把自闭症和井水一同取出
把旧衣服　只有方言才能叫出名字的祖传器具
和随身带回故乡的一把老虎钳子
一同塞入帆布背包
一个人扛着

如果赶在黎明前的黑暗中
你尚不能侥幸逃脱
为了应付那些居住在村里的陌生人
(他们都认识父亲)
你必须把体貌特征　行踪
老鼠一样鬼鬼祟祟的神情
在黑暗中
在松针和一棵去年就已开始枯死的
老树的树叶　落地的声息中
像拖着腐败动物的尸体
伺机向外转移

搬掉一口枯井是可能的
但井水　会不会像鬼魂一样
仍然在更深处潜伏着 等着在多年以后的
一个梦里　把你继续往下推

作为一个城里人　你的包袱过于沉重
进城之前　你必须在高速公路服务站
停留很久　仔细地洗脸　照镜子
然后拖着重重的包袱　像拖着珍稀动物的尸体
一大早就溜回城里

马

你这个人
生在人已不再骑马的年代
命里注定要孤独一生

命里注定是一匹野马　到处跑
对草原不以为然
没有什么目的的野马
一直要到跑不动的时候
才会停下来

一匹有才无德的马　饿马
爱跑的马　喜欢懒散而自由地
卧在野地里

看野花的马
累得要死
连草都不想多吃几口的马

你这个人　你老了的时候
成了一匹老马的时候

孤苦伶仃　皮包骨头的马啊
依旧停不下来
依旧是跑啊跑啊
跑个不停

你这匹野马
就是马的命

马的命

黑　暗

我说的黑暗是妖冶的

我说的黑暗就像一个水淋淋的妖精
只有夜晚才会成熟得风姿绰约
用郁金香闷骚的香味
击倒动物园里逃走的一只老雄狮
和它搁浅在路边的
一场小巧而又松懈的睡眠

黑暗是妖冶的
有细细的妖精才配的绳索般的腰身
这绳子一般的妖冶
当它从慵懒的暮色里露面
开始使出蟒蛇般的力气

一座灯塔会慢慢窒息
一座城市　在郁金香激荡的香味里
在公园人工湖上飘荡过来的
夹杂着烂泥气息的味道里
也会慢慢窒息

研究自己阴影的人

这个明显有点神经质的异乡人
戴着一顶宽边安全帽从春天走来
在远郊的一大块空地上作业
喜欢把脸藏到肩膀或帽檐的阴影里

终日背对着阳光的是他　伏地而作的背影
像侍弄一块草坪一样不停地捣鼓着
不断地亮出一些刀子或探测仪之类的东西
终日独自比画着　嘀咕着　甚至沉思着
仿佛即将执行一项不寻常的挖掘计划

这个装模作样的人　在荒地上从春天一直干到夏天
蹲下去又站起来的样子暴露了他的高大和从容
咧嘴一笑时暴露了他那整齐而洁白的牙齿
也暴露了他脸上一阵比一阵多的闪烁不定的阴影

但这个装模作样的人　秋天到来后突然不见了
仿佛消失了一般
那块原封不动留下来的大荒地则证明
从春天一直到夏天　他只是在草丛里作业

从未伤及到地皮和地面以下的东西

我后来才明白：这个夜深了才动身回城
遇到灯光就迅速闪入阴影中行走的人
其实只是一个简单的人　一个被自己的阴影所累
忍无可忍　要在旷野上摆开阵势
寻找如何才能彻底摆脱阴影的方案的人

舵 手

梦想工厂乐队的大提琴手在打听他的下落
北方的隐者被狂风掏尽了胸腔中沉积的沙粒
之后在打听他的下落
在一场梦境中　我变成一个手握贝壳的孩子
对着一群正欲逃往海上的水手打听他的下落

孤独就是一只轮船的碎片
像灵魂的碎片一样　积压在旧仓库的底部
在岁月深处独自蒸发着盐和海水
就像中年的我　在梦中变成一个惴惴不安的孩子
被类似于父亲或者舵手的人抛弃后
被四周海水一样粗糙弥漫的暮色追赶着
匆忙奔赴在返回标出旧时代故乡位置的地图上

郊外寻春记

1

远郊是荒芜的

但当我刚刚抵达了充满荒野气息的山坡
春天来了　桃花开了
一台笨手笨脚的推土机也来了

春天的桃花多么灿烂
像害羞一样头蒙红布的推土机多么灿烂

2

大地之下深埋着另一座城市
和它濒临腐朽的拐脖子钢构管道
而另一座更加高大和坚硬的大都市深处
埋藏着大地　它的腐烂的碎块
像秘密的疆域分裂者
下水道在那里分头输送着更多的污泥浊水
被更多的地下巷道裹挟而去的

因为吃得太多而险些撑破的管道
被一台迷路的推土机
疼痛地搁浅在郊外

3

我在郊外是为访问桃花而去的

但偶遇的推土机　它的破旧
锈迹斑斑的粗暴和威猛　蜷曲在驾驶室里
像疾病折磨着的老母鸡般正在打盹的驾驶员
它过早地打开了比春天隐藏得更深的旧世界
及时地终止了　我开向春天
和桃花的行程

与一条神奇的鱼相遇

水像鸟一样
居住在石头里
这条鱼也像鸟一样
居住在石头深处
那卧作鸟巢状的水里

此时这条鱼赤条条地
被我从石头里掏出来
拈在风里和手里

这有着怪鸟一样凶险的长相
而又令人思虑重重的鱼呵
我想我不能把它带出山中
也不敢让它再回到鸟巢状的水里
而试图将它扔下高处
沉入未知深渊的想法
刚一闪念就让我禁不住虚汗大发

我记得这条鱼早先曾在梦中出现
当时它用人一样的目光看着我

它像丧失了声带一样

嘴巴欲张又拢　一声不吭

让我想起一天夜里

一个失踪在路上的孩子

不易察觉地哭泣着

在黑暗中　若隐若现

一个人独自行走

一块通灵的草地为何死于春天

山上已经很绿了
野地里的很多花已经开了
但是中央广场上的这块草地
园丁侍弄花园一样侍弄过的草地
却明明白白地死掉了

或许是暖冬的地藏虫把它咬死了
或许是冬天鸟们过于饥饿把它的根当美食吃光了
要不就是乘草们冬天身虚气软
雾霾带着妖气篡改了它们的灵魂

其实是百般侍弄它的一个去年的园丁
春天到来之前　在草地中央的一口枯井里
因为服了过量的毒药
不慎坠井身亡了

飞 翔

蝴蝶也在黑暗中飞翔
当黑暗被一个烂熟的苹果暗示和诱惑
"黑暗就像一只斑斓夺目的兽王
比软弱而文气的光明更能强调白昼之白"

蝴蝶也可以像一只恶鸟一样有力　睡醒之后
在黑暗中带着轰鸣飞翔
带着海潮般巨大的腥味　像海潮一样
从深海般不动声色的潜伏中跳出来
使飞翔包含了比死亡更精确的意图

在黑暗中飞翔的蝴蝶是凶猛的
它绕过很多东西　但并不刻意拒绝
与另外一些迷路的蝴蝶在飞翔中
出其不意的撞击　甚至不拒绝
飞翔与飞翔过分撞击后

所导致的必然的坠落
或死

畜生的内心是荒凉的

畜生的内心是荒凉的
那里有一澡盆的药水
都洗不干净的黑血
和一吨漂白粉已接近饱和的自来水
都无法漂白的黑暗

畜生的内心是荒凉的
这荒凉不同于大地的荒凉
仅仅是一个恶棍把生殖器改装为道具
把男人和女人超出生殖的精液和卵子
投入到一场恶作剧的假面舞会上
然后再用笑嘻嘻的惊堂木　惊出
世界的荒凉　大地的荒凉
太监杀人不见血的刀上
那种闪闪发光的荒凉

畜生的内心是荒凉的
它们不委屈　不庆幸　也不幸福
当杀死它们不再用刀子
而是用整个城市

是用它那秘而不宣的地下厂房和机器
甚至是用迷幻药和毒药之时

你的心和我的心
也正渐渐变得荒凉

一次有关诗歌和生物学的神聊海侃

我和公度　小恒　还有另外几个人
在西直门外的绿岛咖啡店
有人在喝茶　有人在喝咖啡　有人闷得慌
建议大家一齐说说跟诗歌无关但必须有趣的问题

公度说　他正在研究
诗歌和生物学有关的问题
这是检验诗歌是否还活着
甚至到底能活多久的重要问题

小恒刚从朝鲜旅游回来
他说那里的夜晚那个安静啊
城市非常干净　不光是人
连灯光也是早早就睡了

还说了很多地方　利比亚
叙利亚　巴基斯坦　古巴
或者一些什么人的近况　譬如
死不见尸的本·拉登
（比起卡扎菲，这多体面呀）

再后来我突然想起了什么
摸摸后脑勺才恍然大悟
我说我想起　《圣经》上可能少了一句话——

只有在恶魔的肚子里种上诗歌和玫瑰
才最温暖　最安全

故乡与珍珠

1

我曾经见过火中取铁的人
那是村上的刘二铁匠　烧红的铁
他可以从炭火中猛地抓起来
扔到铁砧上狠狠地锻打
那是一个一辈子没有出村的人
一辈子挥舞着铁锤　打出四散的火星
终生未娶一房女人　一辈子把铁攥在手心
然后狠狠地扔下去　扔进熊熊火焰
铁青色的脸　锤起锤落的那个狠劲啊
多少年后依然令河山震撼
把我从城市深处的梦中
一次次地扔出来

2

我曾经结识过一个在野山丈量土地的人
他精通采摘各种野花的秘密
这个神秘地笑着后来又神秘地失踪的人

私著《藏花经》一部　我不小心偷窥其中一二：
"好花如珍珠　摘其灿烂者要如临大毒
千万不要用脚踩它 千万不要损伤它
夺人肺腑的香　要小心翼翼地采摘
小心翼翼地带回家　以清泉好生供养
三日香不散者可寄魂　七日瓣不凋者可赋身……"
而我终归是一个粗鄙的人
从此以后　见花如临大敌
抱头鼠窜　仿佛被一种销魂的异物追赶
直至有一天彻底逃离故乡

3

我曾经自学占星术　试图在故乡的什么地方
获得一颗来自天上的珍珠
却被告知：珍珠要命　不能得

天上的珍珠　无论它放在什么地方
无论它在野外放光
还是不慎跌落于看不见的暗处　甚或
被埋入连用场也派不上的土地里
谁也不要轻易碰它
"碰珍珠者必死"
犹如大祸将要临头的这句谶语

令我仓皇之中扔掉了占星术　两手空空
像一颗土豆一样永远滚出了
那个名叫珍珠的村庄

野生动物园参观札记

老虎 老虎

老虎老虎我爱你
爱你的花斑纹虎皮包含着
黑夜一样的黑　黄金一样的黄
和可以一把火烧掉整座帝国大厦的
火焰一样性感的橘红

而你的剑齿獠牙　由于牙垢太多
由于嵌入的铁钉久久不能剔除干净
已经配不上今天雾霾散尽后
白昼白天鹅一样的白

孔雀 孔雀

孔雀孔雀我爱你
爱你携带七种颜色的绚丽拼图
和一种比毒蛇更具有杀伤力的剧毒
还有狐臭　还有能够颠覆整座城市的
罕见的寄生虫病菌支原体

听说你闹情绪很长时间了
很长时间中食欲不振　面对全国游客懒得开屏
因为和你在一起的母孔雀　爱上了
另一只母孔雀
它们执意要闹同性恋
刚刚离家出走

鳄鱼　鳄鱼

鳄鱼鳄鱼我爱你
爱你在北方冬天的梦里哭泣　悔恨
由于害上了胃溃疡
消化了一肚子军马厂送来的马肉
却怎么也消化不了一颗误食的马蹄铁

爱你在北方夏天的梦里哭泣　发烧
因为不断偷吃池边的草丛和池底的蓝藻
那些刚刚吞到肚子里的小动物们
有的在筑巢　有的在打洞　有的在谈恋爱

爱你在接下来的另一个北方的梦里
梦见赤条条一丝不挂的美人鱼
生下一水池刀子　棍子　和铁砧一样的铁
以及浅灰色的钉着马掌铁的石子

沉默的人

沉默的人
他把自己声带上最好的一个部位
不慎种进了地里

沉默的人
知道克制语言会使人幸运
知道一棵越长越高的树
多么喜欢雨水

沉默的人
知道那些华丽的声音是纸做的
它们来自暴行般的砍伐
因而害怕雨水

沉默的人
不到时候就早早退休回家
在花园里剪枝　浇花
在有树林子的山上转悠
像一个遗失在梦里的园丁

在所有事物的后背

在所有事物的后背　幽微曲折之处
像烧得通红的地幔主宰着行星的命运
我必须去寻找一种颜色
一种与地幔同样致命的红　我必须
长久地迷失在红色之中

我必须在红色中成为一个幸福的色盲症患者

我必须在尘世一系列琐屑的红色中
在受尽看不清朋友也看不清敌人的侮辱后
含泪写下感恩的诗篇——

在红的后背
(也许是所有事物的后背)
是否潜伏着软弱无力的白
白的后背上
是否有雾和海水
随着大海和它的已经中毒的巨鲸
在苦涩中缓缓沉浮

我知道　我的敌人和朋友也知道
摆脱红色是不易的
必须在火中熬干整座大海
和整座山谷中的松木
你必须和它紧紧贴在一起
不停地舞蹈

其实我迷恋着这红色　有朝一日
我将选择一个事物后背上绝境般的去处
在这红色中幸福地死去
只为墓碑上的一句话——

他一生竭尽全力　吃奶的劲儿没少使
攒下大红礼服两箱子
死得其所

搁 浅

星空图书馆探出梦一样变形的舌头
把过量的纸张和印刷品
用刚够一吨重量的海水的阅读
搁浅在梦中大陆的废品回收站

那些宇航员再也回不来了
那些星星的眼睛眨着眨着就闭上了

现在他需要纯粹的空白

象征主义者的夏天

身披黑亮鱼鳞的人
头饰牛角的人
腰缠花斑蟒蛇的人

向月亮索取毒药的人
在彗星上寄存了整座
噩梦加工厂的人
用沉默的独行带来符咒的人

都是我从未见过的
表情怪异的人

蜘蛛也在离开你离开的地方

你离开的地方
蜘蛛已提前离开

但即使在人很多的地方
在有些人到来有些人离开的地方
你仍然见不到
蜘蛛的踪影

只有在某些时候
在不经意之时
在你一个人的时候
蜘蛛会突然出现
但接下来它将要去的地方
你不知道

如今　你即将要离开的地方
蜘蛛也在动身离去
生物学的方程式
留下来的一只蟑螂
(而非一阵秋风)

会喃喃自语

如今　你将要离开的地方
即将离开的地方
已与蜘蛛无关
(或许也与蜘蛛的出走无关)

也与那些失踪已久的蟑螂无关

镜像研究者的发现

镜像研究者在研究自己的镜像
当他将镜子放入井水里
他依次观察到四个秘密——

有时他是天鹅　有时他是蝴蝶
有时他是一只苍蝇
有时他会变成一只蚊子

镜像观察者被自己的秘密镜像折磨着
有一天当他忍无可忍失手将镜子投入烈火中
他看到烧得火红的镜面上现出四行文字——

天鹅是离上帝最近的事物
蝴蝶是离山林最近的事物
蚊子是离热血最近的事物
苍蝇是离死亡最近的事物

像怀里揣满了火种而又无处投放的人
镜像研究者无法说出他已窥探到的秘密
他忧心忡忡四处奔走　他挡不住自己的憔悴和恍惚

他像一个梦游者一样停不下来

他甚至可以直接进入到梦里
任自己像一只失控的气球
跌跌撞撞满世界飘荡

陌生人以陌生的方式来访

夜里　其实是在某一个隐约忆及的梦里
他把一棵枝叶繁茂但不见花开的白丁香
移植到我的阳台上　他用一根从房梁上
像绳索一样又像青蛇一样悬挂下来的藤蔓
把我收藏着精美图书和一些石雕怪兽的起居室
变成一座有萤火闪烁也有水晶在闪烁的迷宫

另一个夜里　其实是另一个隐约忆及的梦里
他把我珍藏一样养了多年的一盆水仙无限制地放大
把水仙花由一朵变成九朵　让九个硕大无朋的花蕊中
零零散散居住了一些硕大无朋的露珠
好像由人工豢养而出的比海腥味更难闻的花香
以及比包含在海藻中的湿度和弹性
更难对付的黏糊糊的纠葛
强调着我小人国里小人儿一样的小
让我像小人国里不幸被抛弃的小人儿那样
怀抱着天柱般巨大的花茎
那上面刀子一般稠密的芒刺与苦涩
陷入一场又伤感又绝望无助的小小的哭泣之中
之后被一颗硕大如同天空的露珠上泄露的水

慢慢地埋没起来

我知道这是一个陌生人将要来访的消息
要不就是我将离开本城移居他乡的一个暗示
但每一次当我从正午的梦中醒来
探长头颈向窗外眺望
我梦见丁香　迷宫和巨怪水仙的巷子里却空无一人

我始终无法见到那个陌生人
哪怕他熟悉的陌生人的背影
哪怕这个背影就像一个幻影一样
只是突然从远处的巷口上匆匆闪过

飞机和雪 | 第四卷

玛丽组曲之一

玛丽　你这个女人
去年我见过你
今年我见过你
我之外的另一个我
在某个世代的昏暗的星光下
一见你就迷上了你

玛丽　我是一个好男孩
只有你知道
我是一个多么喜欢沉迷的好男孩
只有你知道　沉迷的我啊
因追逐你而精疲力竭之后
像一个迷途的幽灵
曾经发出的凄惨号叫
至今还在世界的某种部位
回响

玛丽　你是否听到过一个人在号叫
你是否是被这凄迷的号叫打动过的
好女人

玛丽　一个肉紧骨健的女人

一个眼光迷离　喜欢平视

只知向前走去的女人

一个偶尔露出笑容但不见笑意的女人

一个红嘴唇和白牙齿

从不轻易开启的女人

一个众人之中默然独坐

只有锐利的表情而没有语言的

女人

玛丽　我见过你

我的上一个世代也见过你

一个把我像拖包袱一样拖向深水

让我乖乖地待着不许动的女人

让埋在最深处的那个我

提着比烧红的铁块更滚烫的心

比气球更容易憋破

因而更倾向于沉溺的心　每时每刻

都不由分说地期盼着

为你而献身

一架飞机在愤怒的雾和雪中下降

雾在高空是愤怒的　和寒流
和雾　你追我赶纠缠在一起的雪
不想轻易自高空落下去的雪
十分像雾的雪
看样子也是愤怒的

我曾经多次乘机经历这愤怒的雾和雪
我曾经亲眼目睹误入高空的黑鹰与白天鹅
怎样被折断翅膀甚至脖颈　怎样
在冰雪和寒流的中心万端沉浮　我能猜想
那些被冰凌一寸寸灌满身体的天空之王
血肉的冰块　一定是在碎了又碎之后
惊魂未定地向着无名之地纷纷坠落

愤怒的雾和雪　有时也会折磨一架飞机
就像折磨那些飞过了头的鹰和天鹅
一架落不下的飞机是恐惧的　一架飞机
被愤怒的雾和雪阻隔在天上
那重复而无果的俯冲　让你的血和心脏渐渐变直的
某种类似被撕裂的震撼

仿佛上帝正在上演一场有关死亡的游戏

一架飞机在愤怒的雾和雪中下降
生与死只在一瞬间
只在上帝对重与轻的关系恰当与不恰当的
轻轻一拨之间

大雪中的逃逸者

她的脸庞惨白　她的得体的白衣服惨白
一场白茫茫的大雪中
她一会儿慢腾腾地行走　一会儿小跑几步
仿佛是一次次地吞咽着涌上喉咙的泪水
一次比一次更努力地掩饰着
险些就要暴露在大街上的古怪表情
(事实上她有可能是个美女)

一场白茫茫的大雪　夜色深重
她逃跑般地突然出现
沿着市政医院的停尸房
(那里大白天就闹鬼)
无所顾忌地径直向前奔去
她的有些冲动和发烫的身体
使大雪的城市和结冰的街道
不停地打着凛冽的趔趄

像一只不经意间转世的白狐狸
怀揣着深度受伤的灼热和狐疑
从一种白色向另一种白色

幻影般迅疾而不动声色地
逃逸而去

旧木头做的古琴

她想生活在一架古琴里
她就生活在一架古琴里

旧木头做就的古琴洋溢着旧木头的香味
旧木头的灵魂剔尽了虫子
侵蚀它的只有月光和风
而她的孤独和哭泣却补偿了它

而如果冬天到了
旧木头的香味就会慢慢向深处潜去
一架古琴就喜欢蒙尘　喜欢弹奏出
打火机的嚓嚓声
和令人昏昏欲睡的　干巴而古怪的调子

追赶着雪的女孩

追赶着雪的女孩　大声喊叫着
露出了令她自己暗自吃惊的野性子
她甚至突发奇想　像飞一样
使出燕子的轻妙
用惊心动魄的一跳　从一座大楼的顶端
跃至另一座大楼的顶端
她甚至对着风雪迷茫的远山呼唤
却无意中应和了那里一只老鼹鼠
(昨天它刚刚风雪夜归
跨过一座悬崖时险些摔死)
行将冬眠时告别空山的最后一声悲啼

被雪追赶的女孩
她正在撒野似的追赶着雪
她在漫天大雪的大街上放肆地奔跑着
跑过了头　就跑向了郊外　跑进了黄昏
降临的黑暗中　被白茫茫的雪光所映照的
黑黝黝的郊区和旷野上
而当此之时　神已回家安歇
和她一样披头散发的妖冶女鬼们

一个个阒无形迹　藏得深深

被雪追赶的女孩
爱雪爱得疯狂的女孩
今夜突然变得不害怕的女孩
她捧起厚厚的雪层为自己洗脸
把雪大口大口吃进嘴里
祈求上苍平息她面颊上的发烫的红晕
和狂跳的内心

这黑暗中越堆越多的雪多么优美
这黑暗和雪如此憔悴又如此温馨

她甚至拿出镜子照了又照

送玫瑰的人

白天我刚刚把她送来的玫瑰
连同一大堆废旧的物什交给了清洁工
并对着他满载而归兴致勃勃的背影会心微笑
夜里我就梦见了她送来的抱怨和唠叨
她不停地向我讲述她收藏了满屋子的塑料模特
和石膏雕像的故事

梦中她的双唇迅疾抖动的样子
就像鱼缸里装多了的鱼　在水中四处找寻呼吸
她的由于涂抹了过度的唇膏和面膏而显得僵硬的表情
苦涩中带着惊恐　像一杯水分解着其中的晶体糖
像分散注意力一样将我从梦中分解出来

而接下来的另一个梦里
我还梦见过火柴　巨大如树桩
红头白杆之间长着经过化妆的黑粗脖子
仿佛是在表示某种不可控制的寓意

但我从此再未梦见过那束玫瑰
也再未梦到过那个送玫瑰的人

遗 恨

那个年代树林子茂盛
因而老虎和狼都吃人

那个年代男人以上山杀蛇为生
因而好女人都去给白脸太监洗衣裳

那个年代缺铁
因而没有好刀子

一个爱雪的男孩在雪中滋长着恨

这个来自遥远乡下的小男孩
远远落在后面　他爱雪
但此时行走在雪后放学的路上
心里蠢蠢欲动的　爱雪的男孩
此时他绝不是爱雪花的自由
和雪落万物时那蓬松而厚实的洁白
他爱的是满街道勃勃而起的泥泞
可以滑倒所有的人

厕所里脱他裤子画下他的牛牛
在黑板上公示的郑大毛　应该滑倒
放学路上给他头上扔石子 掰断他的中指
抢走他手心里仅有的一元钱的李奎　应该滑倒
那个自习课上骂他是乡下佬可怜虫笨蛋的数学老师
杨茂昌也应该滑倒

他正等着看他们的笑话　已经看到了一个　两个
还有好几个他不认识的陌生人　看他们泥泞满身的样子
冻直了的裤腿看上去都成了破烂裤腿　看他们
跟茄子没什么两样的脸色

一个爱雪的男孩在雪中滋长着
他那卡通玩具一般简陋而笨拙的恨

可爱的小男孩　爱雪的小男孩
由于衣服过于单薄而快要冻僵的小男孩
他还将继续等下去　看下去
看所有的城里人滑倒在泥泞中的样子

雪的语言自黑暗中觉醒

迫使整个冬天变得潮湿起来
也暗暗地凛冽起来的雪　慢慢降下来

没有延误的航班慢慢降下来
雪收敛着钢铁和空气的摩擦　使它近乎无声的
飞行　像一个遗忘已久的童话故事
像另一个世界上才有的情景
被一颗忧伤的心经久地秘藏
如今正被一场雪慢慢打开了舱门

雪从天空慢慢地落下来
我身体中类似于雪的那一部分
像一个孕妇腹中快要临产的婴儿
开始蠕动起来　一下又一下传达着
啄木鸟挖掘木头的尖利的痛感

那是雪一样轻的语言　在雪中
和雪一同慢慢地降下来
那是比啄木鸟的尖喙更凌厉的雪
所打开的潜伏在身体内部的僵直

它的腐败的尘封的门如今四处漏风
在我的身体中
在我心里的黑暗中
长驱直入的雪啊　打开语言之门
它的全部世界的空旷
与虚妄

传说中的坏女孩

你穿上红衣服

(其实也不必太红)

就是一只传说中的红狐狸

要多妖冶就有多妖冶

你穿上白衣服

(白得那么得体)

就是一只白天鹅

一只雍容和颀长相得益彰的白天鹅

有着某种险些不近人情的高傲

偶尔的游荡只选择在人所不知的天池里

半生难以企及的高处的飞

挂在比飞机还高的蓝的高度上

你穿上黑衣服

就是活脱脱一个黑妖精

矜持之余也喜欢恶作剧

偶尔被你诱惑的那些人　你眼看着他们

像落水狗一样落到水里　却又心生同情

示意擅长游泳的人拯救他们

等一切相安无事　你还是你

毫不掩饰一个黑妖精才有的坏笑

收拾行囊　独自姗姗而去

你曾是传说中的坏女孩　而如今
那些低处说低处传　那些假模假样的
谣言和风声　你住在另外一座房子里远离它们
像请来了一位神祇　你的好穿戴只给镜子看
这一生　那本命里的一些事情
一些流水　一些只有高山
才能藏得住的青翠与葱茏
只有传说才配得上的红　白
以及由举世绝伦的白所衬托的深刻的黑

你说　这是你简朴的一生
仅剩下一点的物什和真实
活着　你只和他们在一起
死去也只和他们在一起

催眠史

诗歌在他们这里变成了
一种过时的传说——

传说诗歌只是一只昆虫有点难看的尸体
甚至就是一只蚂蚁的尸体
变态的发育使它的死相好像一个小孩
被另一只昆虫拖向沙漠深处
然后搁浅在那里

传说一只鸟为了寻找它
已经在热浪中折翅沉沙
一只蜥蜴正在去找它的路上
走着走着就偏离了方向

诗歌在他们这里变成了
一部越来越肥胖的睡眠史的开头——

隔着一家唱诗班的大门　他打了一个肥嗝
甚至还追加了一个夹着隔夜腐食的嗝
想到这些事情相继发生在盛夏

沙漠里热浪滚滚　寸步难行
想到这时候
慢慢地　睡意来袭
他打起了呼噜

一个诗人和他的邻居睡着了
时间睡着了

E时代自由生活写真

他年纪轻轻　却有着鳏夫般的古怪性格
住在城中村简陋的凉棚里
一个人和一台电脑住在一起
一个人在电脑里开了几家超市
一个人陪伴着一个塑料女模特

一个从不带女人回家的人
传说他偶尔会和塑料女模特做做爱

传说去年夏天或者前年夏天
炎热中他们生出了一个怪胎
一个长着大象的屁股　马的脖子
牛的犄角　鸟的尖喙
以及另外一些不确定特征的肥胖症患者

要不是炎热中热昏了头　他冲出凉棚
冲进了梦中的一座冷冻加工厂
撞翻了薄门扇露出了传说的全部马脚
在越拆越小的城中村

他和女模特依然是最甜蜜的一对
他们在传说中藏着很多小秘密的日子
依然会使难以得逞的偷窥者晕头转向

属于你的雪会慢慢落下来

属于这个世界的雪会慢慢落下来

饱受羞辱的世界在四路口等待着　被傲慢的翘肚皮
所折磨的旧衙门的旧门牌在等待着
包括去年　前年就开始堆积的那些斑斑劣迹
不时发出鱼吐泡泡和老猫逼鼠的
心神不定　跃跃欲试的比交配更响亮的咔嚓声
它们期待着在雪中　被那些莫名的潮湿
那种一刹那比一刹那更致命的潮湿所激动

属于这个世界的语言的雪会慢慢落下来

雪慢慢落下来的速度就是语言的速度
语言的雪或者雪的语言　慢慢地
剔除着事物中黑暗和卑污的部分
雪的语言还将剔除语言中像雪一样毛茸茸的部分
去除掉全部松软和缺乏节制的修饰
把整个世界变成一个有点冲动也有点霸道的动词
一个强大的动词或者有着动词般质感的名词
诉说着雪　比名词更精确比动词更敏感的雪

而你　一个小女人　一场属于你的雪也会慢慢落下来
跟你的野猫脾气一样轻巧一样骚气难闻的雪
跟你身上处理得像体香一样暗暗撩人的香水味一样的雪
因为过于妖娆而压不住自己失态样子的雪
飞飏的白压不住你脸上飞飏着的红晕一样的雪
轻如鸿毛而又无比魅惑地冲向另一个小女人的雪
被暗含的生机不断克服着类似于铅的重
而导致的　丧失了基本平衡的雪
剥掉整个冬天的压抑就像剥掉初夜的羞涩一样的雪

你　一个小女人或者比一个小女人还小的小男人
属于你们的雪会慢慢落下来
就像属于这个世界和语言的雪
精妙又有些粗野地慢慢落下来

师范生上官芸芸及其逸闻

师范生上官芸芸
被派往沙漠上的一所小学教学
她还未见过整块的草坪
瘦骨伶仃的样子酷似一根年久的教棍
沉思而略带迟疑　像一台漏水的老式母机

像一场幸存的绝境　老厂房似的教室呵
老得不能再老的老房屋的灰暗中她打开天书
她以为不能打开众多的学生　一台台更小的机器
她叫呀叫　全不顾时间和空间正昏昏欲睡

"她正把生物学的计程车开向一个陌生的地方"

一根原木长凳上栖着五六个鸟似的孩子
一人教四五门课程　门门精通
师范生上官芸芸是众人心中的全才
像城镇背后的影子　长短起落无人计较

而她的特点多么外露　首先是她的头发
短促有力　很像一个男人的头发

夹杂着睡眠不足的姿势　谜的品质
而传说她那远近闻名的瘦啊是一种可怕的疾病

"我要把生物学的计程车开向一个陌生的地方"

记得师范生上官芸芸曾是我小学时的生理课教员
记得她讲课时丰满的嘴唇喜欢朝上
她的耳轮很红　她的牙齿很白
蹲着吃大灶饭时蹶着与瘦不太相称的大屁股

记得很多有名望的男人被她拒之门外
上官芸芸视力不好　夜里常常要碰翻红墨水
我敢说那些染红的卫生纸与月经无关
但我不敢说她的独身
是早年与某个男人同居的后果
她是一个老处女　厌恶这个时代的房事和生育

"把生物学的计程车开向一个陌生的地方"

孤独的女孩喂养一只老虎

孤独的女孩养不了花
她的内火太盛　一盆花
不管浇多少水　洒多少露
一个礼拜才刚刚到头
就茎蔫叶枯地窒息了

孤独的女孩养不了花　就开始养老虎
她像养一只宠物似的养老虎
却发现养老虎最好的办法是饿老虎

在牢笼里久久地饿它　困扰它
远远地　用沉默和它对视
饥饿难耐的老虎　到头来
不仅吃肉　而且也会饥不择食
大口大口地吞吃蔬菜和草

孤独的女孩子喂养的老虎
吃肉吃草也吃蔬菜的老虎
饥饿万端的老虎
更有活力　甚至比一般的老虎
有着更多的疯狂

被梦挟持在雪夜及其空地上的女孩

雪来了
用梦和身体同时追逐雪的女孩
她感到了带在身上的一颗苹果的冰凉
偷偷地哭了

一个人在机关后院里堆雪人
红袄子 绿裤子
她要穿戴得更有姿色
而有关梦的颜色 属于她的不够美好的那一小部分
由于衣服过于单薄
险些被劳动中变得渐热的身体
出卖或者不恰当地暴露出来
献给雪

爱整洁的女孩 洁癖
折磨着羽毛般的雪
下班后的雪地陪衬着轻率而危险的飞奔
她的近乎失控的匆忙 她要大声喊叫
要和雪带着同样的鲁莽一齐冲入家门
在旧衣服和樟木立柜

憋足了劲的香味中

她要把梦的颜色　从那些
积压着许多旧东西的旧时光下面
一片片地整理出来

鱼形的雪

我在旧邮局被玷污的玻璃橱窗中
取回被你的猩红热烧得发烫的雪
我在宇航局秘密基地的保险柜中
取回你在去年寄存的一场雪
我在迟迟不肯死去的草坪的背阴部分
取回背叛者面孔一样的冬青树
及其为它所深藏的阴郁的雪
我在旧书报亭一本旧杂志的黑白雪景的封面上
取回与黑暗同样卑污同样下流的雪

而今夜的雪　夹杂着星光被秘密分解的碎屑
它将落下一切已腐朽殆尽的形式
在孕妇羞愤难当的红晕里
雪将赤裸裸地堆起　梦中的尘土
以及它的全部鱼形的潮湿

夜晚的歌唱者

夜晚的歌唱者在远方
在你的心脏内部一般遥远的
除非死才能顺利抵达的
远方

夜晚的歌唱者不乘火车
只顺着铁轨向前的方向向前
不坐汽车　只朝着大路向前
也不坐飞机　但喜欢追赶飞鸟的行踪
但他怎样和鸟同时由一个地方
迁徙到另一个地方
仿佛梦游者的秘密一样
从未被另外的人知晓

夜晚的歌唱者　在远方
他歌唱着另一个人　一个
有着祈祷般平静态度的人
一个永远在异地　在寂静中
也能胆识俱全
而安详如故的人

我同情着那个夜晚的歌唱者
或者是那个被歌唱者所歌唱的
拥有全部略带孤僻的
安详而寂寞的人

被月亮和雪折磨的玛丽

好姑娘玛丽　她住在
有着黄丝绸披肩的镜子里
下班回家整好发髻　并插上一朵花的她
在镜子里暴露了拒绝承担动机的微笑
她正庆幸　经过大街时全部梦游的速度
在钟楼的旧邮局大门的星光模具下
她那么快捷地打开了耳机和收音机
把往日的嘈杂和吵闹
把那种仿佛从月亮上飘来的隐秘的灰尘
通通排除在外

好姑娘玛丽　她有燕子一样多的纯洁
和疑惑　但从不表露
前年她恋着我　喜欢在星空下独语
去年她爱着我　从深不可测的蓝中
窃取了月亮和雾　却不慎失足
掉进了她松木抽屉的全部空虚中

今年的玛丽　像一个躲在旧城堡中的国家一样冷漠
像去了外地一样地疏远我

春天　夏天　秋天　我假装着割草去找她
玛丽　比卡在喉咙上的泪水更难念出的一个词
在她的花园里　一次次地
我委屈地灰溜溜地被退了出来

玛丽　被月亮和雪折磨的人
我阅读着你镜子里的平静和矜持
冬天来了　传说雪也快来了
我会选择有雪的天气来看你
我会和雪一同到来
我会屏住比石头更诚实的勇气和泪

在你看不见的暗处看着你

镜　子

你告诉那个人
他永远在外边
即使他迷恋着一场雪
在雪中藏起了自己　甚至由于藏得太深
在一场并不算意外的雪崩中
埋掉了自己的死

一场大雪注定要在外边发生
一个在大雪中控制不住迷狂的人
那无声地　迅疾地堆积的白
追赶着他沉默的飞奔
当他在雪的厚度　深度和寂静中
渐渐耗尽了身体中的水和火焰
当他身体的水银柱上的刻度
允许了冰雪一步一步深入进去的探访
并允许了它和梦一同冬眠起来

你告诉那个人
那个乐于献身甚至牺牲的人
他仍然在外边

被死亡所托付的雪与微笑
拥有着失踪般的迷惑表情
也在外边

寂静与洁癖

他的书房过于干净过于整齐
连一只蚊子都无法降落下去
有点摆设　有点不真实
我不喜欢

她的表情太干净太自然了
连灰尘落上去都会觉得羞愧
显然她还比较敏感　比较矜持
我真喜欢

我一直崇拜的山 第五卷

我一直崇拜的山

我一直崇拜的山

在日光和月光中衰老的山

背着人一天比一天长得更高的山

站得比剑还直的山

被浓雾和呼呼直叫的长风

洗得一尘不染的山

必须分成若干个年代逐段攀登的山

让心跳在脑门上轰轰直响的山

你一定要亲自爬上去

在高处　在走投无路之处

把它摸一摸

就像沉默的父亲　临别时

摸了摸儿子乱发蓬勃的头顶

或者久别重逢之后　儿子归来

用同样的方法

摸了摸老父亲老态龙钟的额顶

我一直崇拜的山

一座完全石头的山

我经常要上去走一走的山

我无论事情多么忙多么无暇顾及
也一定要选择时间
(有时候在春天　更多的时候在秋天)
在它的高处或者更高的地方
(最少五分钟　最多一个时辰)
望一望　再望一望
摸一摸　再摸一摸

直至高处的凉风中
我的体温仿佛渐渐散尽
直至我沉默也锁不住的泪水
潸然下落

云雾谣

伟大的山谷总是云雾笼罩

就像秦岭

那些人迹罕至之处

养育着自闭症一样的

绝世的美　罕见的美

让你一旦进去就不得不陷进去的

绝境的美

我知道如今世道变了　生活的大部或局部

会一直笼罩在烟雾里

城市永远烟雾腾腾

因为很多人来自远处

屁股没坐热就闹着嚷着往别处涌

我也知道不仅仅是秦岭　秦岭之外

还有更多的山或者另外什么巨大的事物

被云雾笼罩

甚至在云雾之外耸立

秦岭：石头庄园的七种方式

1

这些石头你是搬不回家的
这些石头
跟你是地主　富农或资本家无关
跟你的庭院无关

它在你我之外
在风和时间之外
在上帝的庭院里

一只飞过秦岭的鸟
一棵长在秦岭中的草或者树
比之于这些石头
都是偶然的
都是侥幸的

2

永远需要人去见识的石头

需要一代代的人
由于要寻找这些石头
走过了头　出门太久　深入太久
迷失在山中　迷失在这些石头中
迷失在这些真实的　沉默的
傲慢的　每次见面都仿佛刚刚诞生一般的
陌生的石头中

3

无论以怎样的方式
打开石头
都是打开更多的直角或棱角
一种或无数种刀子般明晃晃的
直角或棱角
预示着更多猝不及防的危险
或者根本就不存在的危险

4

这些石头也有着深藏不露的谦逊
偶尔　你可以与它的弯度和幽魅之境
狭路相逢

在这样的石头里
直角和棱角直接放弃了包藏的祸心
你可以深入其中找出更多的风情
石头在深处把水攒起来
像镜子一样　又平又细
这从未使用过的镜子
仿佛一直在等着你

现在你可以试着照一照
自己的一张脸
是马脸　鬼脸　还是人脸

5

你可以把石头折断
就像心中充满了愧疚和悔恨的侠客
在古中国的江湖上折断了
自己的骨头
之后他迎风而歌
使得被折断的石头中
露出了更多獠牙似的直

剑拔弩张之下
必有缩做一团的事物

像吞食了剧毒的大虫
痉挛　蜷曲

但是被折断的石头除外

6

石头的直是明摆着的
石头的直是不可改造的

是强硬的
傲慢的

石头的方向
无论向上的还是向下的
或者是旁逸斜出的
都是垂直的

它所包藏的难以预料的直的
粗笨　浑圆或幽僻
是要把一座山剑一般直截了当的故事
时间的故事
白云　鸟或者藏在根上的故事
从容地讲给你

7

坐石成山　野生的山
绝不会为谁而驯服的山
让风和一只鸟迷魂的山

让你带不走的山
让你和你的沉默　迷途之后
做个野兽也心甘情愿的山

秦岭颂辞

树和草随随便便生长着的山
质朴的山　被风吹落
巨石以狂鸟之势　栖息于
河边　悬崖　草莽　沉默的夜色深处
或者人迹罕至处

浓雾中时隐时现的山啊

每天都在不经意间变化的
质朴的山　断崖　落石　飞鸟
像秘密一样守护着的山
探险队和隐匿者忙忙碌碌
不知所终的山　在一次远郊的散步中
随意一瞥
就能激起
无名惆怅的山

让时间　历史和时代
就像山上飘过的一块云彩
孰轻孰重　无法掂量

华山论石

这些拔地而起　冲着天和云雾
越长越高的巨大石头
这些我的祖先丈量过　我的祖父丈量过
我和我的儿子计划再一次丈量的
巨大石头　仿佛从另一个世界伸出来的石头
被日月星辰在细微处摸出
预言的　疤痕的石头

它的深处据说并不适合心脏居住
而是适合精灵居住
它的根在秦岭深处的地层中伸了多远
没人能知道
它在云之外和谁说话
没人能知道

但是一只鹰知道　另一只尚且无法命名的巨鸟
也知道
当它和它　它们再一次飞越着这些
巨石一样的高度　它们知道
飞翔乃是一场美的游戏

因为危险而徒劳
美慢慢地接近极致

北山寻石记

这些石头和天生活在一起
和鸟的高度　鸟粪　浓雾
及其沉默的飞生活在一起
如果你是幸运者　你也会看到
它和倒映在天池里的天光云影
生活在一起

这些石头都是折断的石头
其锋利直接进入云天

由于包含着更多的棱角和直
打开它们
就像要打开隐者的心一样
就像要把侠客拦腰折断一样
是异常危险的

一座并不存在的山

1

攀登秦岭

你不能松手　也不能松气

必须一口气上到最高处和最险处

华山上可以远眺的东海日出

太白绝顶上沐浴远古的积雪

还有那些湖泊中千古沉郁的湛蓝

最美的地方　在你感到自己

已经快迷失了方向的时候

在绝险处与你猝然相遇

2

很多年中我一直在寻找秦岭

在七十二个峪口和更多的峪口中出入

像一个梦游的人　却只能与它的小名相遇

真正的秦岭　永远在你看不到的地方

在你不能到达的地方

3

在秦岭中　我一直试图找到一座山

它有最适合的高度　植物　动物和气候

隐者的尸骨或者他们刚刚离去时残留的体香

可以让我看到大秦岭两边

最伟大的事物　北面是黄河

南面是长江　黄河意味着

黄沙万里　悬崖万里　浊流万里

长江意味着苍翠万里　清流万里

浮云　雾霭和忧伤万里

让我看到　山两边的鸟怎样在四季中哀鸣

徘徊　怎样在试图飞越秦岭的路途上

在用尽体力后迷失　坠落

有时也侥幸逃生　从一条大河边

回到另一条大河边

4

但我知道即使我寻觅至死　秦岭

也不会给我这样的高度　正像如它

分开了长江和黄河　两个雄心勃勃的孩子

两个独立地冲向大海的孩子

正如它看着两条河流打架
看着两条恶龙打架
终于看不过眼了
也只能以母亲的身份
独自抹抹眼泪

5

如今　我都快要老了
还在孤注一掷地　寻找那座山
那座名叫秦岭的山　那座
被它的众多的小名淹没的山　那座
也许并不存在的山　山的南面和北面
我的爷爷老了　父亲母亲老了
他们面河而居　相继死去

我的情人也老了
我的故乡也老了
而野草　山谷中变为滩涂的湖泊
让白云和黑云
压得更低

6

秦岭　仿佛一座并不存在的山
像一面镜子一样　许多事物消失之后
我也消失之后

我们最理想的结局
就是成为它镜像中的秘密

西安传说

传说西安一直在下沉　它的下沉
使周围的山越来越高
使西安上空的雾霾越来越厚
使西安的太阳费尽心机
一个月也只有十来天才能穿透它

我一直不相信或不能接受　这个传说
对于远处的秦岭　我已不能满足于
在远处望着它们
于是假装着要加强户外活动
养成了深入秦岭　攀登群山的习惯

我就这样知道了只有秦岭
才会包含的那些东西：隐士　游侠　僧人
逃犯　殉情灭欲者　厌世者　淘宝者　修仙坐佛者
不明真相的死者与生者
在比山更高的地方　其实是
在比鸟和云更高的地方
他们用天眼向下看着
看我怎样登山　看山上那些高低错落的巅峰

怎样用云雾迷惑我　又怎样用一团
夹杂着冻雪的气团　将我打醒

这些年　西安一天天变得臃肿　庞大
按照重力加速度的原理
西安一定还会更快地下沉
它以此保证着浮云之外　秦岭和它上面的神
会升得更高　更远

直至有一天　一个登山者再也到达不了的地方
更高更远的地方　就是传说中的
秦岭　就是传说中下沉的西安
终于停止了下沉的地方

传说中的秦岭红

那是枫叶的红和植物学家
未及命名的植物的红
那是面朝北方　高山
和巨大的飞鸟的红

一种风从石头中
从秋天的尽头
从雾气中
从沉眠不知的梦中
叫醒的红

世所不存的红
无主的红
让白石头上的苍苔和日晕
升上万仞绝顶依然不动声色的红

那是让任何风情的约定
和任何采撷都变得毫无意义的红
那是要把秦岭和它的石头
藏到天上

藏到秋天以后
冬天以后
巨冰重雪以后

在你不会凭借力气到达的地方
独守晕眩或苍茫的
红

我想去的地方

我想去的地方

四周要有一些或大或小横七竖八的山

大鸟落下来不觉猥琐　小鸟落下来不觉害怕

乌云在山顶上不停地徘徊

它高兴的时候天能蓝死人

它哭泣的时候天就落下一场好雨

偶尔它也可以闹点淫雨靡靡

淋塌几座山的同时也淋坏了很多鸟

而我居住的地方　地要多厚就有多厚

它要盛产各种各样的蜜汁　传说　少量的怪物

传说这蜜汁像毒药一样

曾将一个又一个朝代

溺死在荣华富贵和风流妖娆之中

传说怪物曾先后吃掉过几个古代的小皇帝

比蜜汁还多的流言　像野蜂野蝴蝶

野鬼野妖一样花枝招展闹嚷不休

但这些古代的事情传说的事情听来令人心烦

如今我只想好好地待在这里　我只要

如同雪　雨　花和种子一样分明的四季

其中比较偏爱成熟季节　小麦　石榴和少量的稻谷
像即将生产的阴唇一样向外翻卷着
不动声色的累累籽实　粮食太多
乌云太多　鸟儿太多　懒汉太多
罂粟花开得太多　沤坏了粮食一囤子
糟蹋了米面几盆子　偶尔也变坏了小男人三两个

我想去的地方　就是皇帝特别想去
去了就赖着不想离去的地方
是火车想去的地方　是飞机想去的地方
是宇航员出游太空之前特别想来走走的地方
是时间也想放弃掉拥抱虚无的面具
变成一个质朴安详的人而直接奔赴的地方

秦岭七日

第一日　你看到了几乎难以逾越的杂草与藤蔓
它们略显过分的稠密与茂盛
像一个似曾相识的下马威
强调了某些同样似曾相识
但却是未名的徘徊和犹豫

第二日　你看到与山岭沆瀣一气的
巨石　以及其中与时间的某个性格侧面
暗合的裂缝
（这种情景将一再出现）
它引导你不断走向绝路
或者另一座与巨石同在
让想象力如同体力一般
渐渐弱下去的山

第三日　第四日　第五日　第六日
你迷失在一个或无数个
被巨石和森林围困着的峡谷里
除了退回去的路

不见天日　不闻鸟鸣
水滴穿石的声音　像你渐渐慢下来的心跳
在不知名的深处悔恨地嘀咕着

第七日　在秦岭外围
搜山者打断了一片草茎和几根藤蔓的骨头
之后纷纷离去
你失踪的消息　像一股洪水
在电视　报纸　互联网和亲朋好友之间
以各种各样的版本越蹿越高

之后　像海上曾经涌起过暗潮
像夜间山谷里发生的一次小规模山崩
像从未发生过的一件事情
一切终将归于寂静

今年夏天的秦岭

今年夏天　进山的人更多了
陌生人更多了　有打算的人
那些需要山的幽深
掩藏劣迹的人
那些要把夏天的肥腴放在高山湖
和深涧水的凉爽中的人
更多了

还有那么一些人　心怀更加明显的鬼胎
由于进山者越来越多
他们格外烦躁　每天都在搬家
每天都像漏网之鱼逃向深水般
向秦岭的更深处钻

秦岭　这个夏天您迎来了太多的背叛者
他们的汗臭　喧哗　私处的疼痛般
不易觉察的古怪心思
和满山谷迟迟清理不走的废弃物
我不喜欢这些人　无论山上还是山下

我不会选择待在他们之中

我要早早退出山里　　退到大地尽头
被雾霭笼罩的地平线外
甚至比雾霭和地平线更远的地方

惆 怅

火车穿过秦岭
穿过比来世更具想象力的悠长地道
像一个性子急躁的幽灵一样远走了
飞机天上飞了
飞机之下　雾霾之下
一只经过反复周旋无法降落的鸟
最后也飞走了

我呆呆地站在地上
目睹它们一个接一个离去　最后
只剩下秦岭上空那种近乎虚无的蓝
就那么虚无地　长久地蓝着

飞机在绝望的蓝中飞着

上面是蓝
下面也是蓝
在无限的　仿佛连方向都不存在的蓝中
飞机好像很慢地飞着
这无声无息的无限之蓝
它几乎控制了飞行的颤抖
使其只是微微战栗
使白晃晃的阳光透着某种生硬的冰凉

飞机在这几乎有些绝望的蓝中飞着
就好像她是在飞越
一场快要接近灭绝的虚无

提前纪念一条河流

这条浩大的河流　在沙地中央
萎缩　沉沦　如今已细若游丝
像一条老态龙钟的老蚯蚓
倾向于沉沦的身体苟延残喘
这河流两岸浩如瀚海的阵阵松涛
如今已经被记忆中的风带往别处

从北向南　从西向东
这缓缓向前推进的沙丘
温柔而又可爱的沙丘
伴随着一些植物
不断衰亡也不断再生的沙丘
像火的身体一样悄无声息地移动着劫掠的沙丘

如今这里只剩下赤裸裸的沙地　畏首畏尾的蜥蜴
悲悼般的树桩
永远站不起来的灌木丛
像蒿草一样瘫倒在地上
风打断了筋骨

北方是辽阔的　北方的沙地
在烈日下的沉默是辽阔的
曾经浩大的河流　大地留下了
它同样浩大的空架子

潜伏者画像

秦岭藏在天空的深处
天空藏在秦岭的更深处
一个自由主义者　他迷恋着或者满足于
某次无所事事的眺望中
白云的黑肚膛正摩擦着的秦岭

关于秦岭　山上那终年不散的迷雾
只是它的一部分　峪口里轰响着
冲出的河流　也只是它的一部分
它另外的一些部分
是永远不能醒来的
石灰岩　湖泊　巨石
冷水中长个大的鱼

还有　那在巨石的屏障深处
灰蒙蒙的天空和
无数座山的背后
如同噩梦一样的潜伏者

也只是它的一部分

我又捕捉了一个怪物

这一带的山上　老虎早已死光了
鬼鬼祟祟的狼也已消失多年
传说中吃鬼但不吃人的老黑熊
在被不屈的猎人取走了黑熊胆以后
抱着一大团失控的肥肉瑟瑟发抖
像一个巨球一样滚入山中摔死了

之后这个人来到山上
捕捉怪物　很多年中他四处奔走
居住在地层和巨石裂开的暗处
像个野人　也像个山神
传说中的怪物一个个秘而不显
很多年中　这个捕捉怪物的人
费尽心机却一无所获

这个捕捉怪物的人　不屈不挠的人
有天正午曾像一个怪物一样来到城里
浑身散发着怪物的骚味　与我有过一面之交

看着他的怪物模样　我有点尴尬

"我又捕捉了一个怪物！"想了很久的这句话

我临到终了也无法出口

天上的大神

天上的大神在这里

种下石头　红茎红叶的花

深草头顶的浆果　种下深处的寒意

种下黑鹰和耸立的岩石

类似睡眠的沉默

太白积雪

在六月的尖顶上闪烁不定

像深居简出的隐者

被潮气腐蚀的脸

种下因果轮回的蚱蜢和蛐蛐

黑油油的从山上下来的河流

野猪和瞎眼的熊

天上的大神在这里

种下经久不散的浓雾

和鸟一齐升上树梢的晨光

大太阳　大月亮

以及潮湿泥泞的

腐败而苍白的脸

羞愧的脸　还有精通炼金术的得道者

金光闪闪的脸

太阳卧在乌云中央

像孕妇的肚子一样

缓缓蠕动的脸

爱到山上去的孩子

许多人都知道　在我的故乡

我是一个有名的　不安分的孩子

一个失望　孤僻　独来独往的孩子

爱到山上去的孩子

许多人却不知道

那些夜夜在高山上伴月独啼的鸟

每到白天它们就飞走了　就像失踪了一样

无数次的山上之行

真正的鸟我从未见过

人们更不知道　当风吹空巢

我被摇落一地的鸟屎和枯枝不断打击

无数次　一个被鸟所召唤的孩子

只能远望苍茫

心中惆怅

半神话时代的使者

从一个异邦到另一个异邦
我喜欢作一个露天宿营的诗人
像一个生育着也在美的女性怀着无需多言的爱心
我会不断地打破犹疑　记下配得上让诗篇生辉的那些
这个每天都在虚无中流浪的星球　我用反光镜翻出的
小人们的青红皂白　斤斤计较

我的世界是另一个世界：在诗里
我不习惯提及某国而是直接写出某地
不说"大不列颠"而说"多雾的伦敦"
正如我不说"美利坚"而说"在美丽的密西西比河两岸"
这使我像极了一个生活在神话或者半神话时代的人
喜欢露天　尤其喜欢夜空下的沉默

我是说正值春天
美女　鲜花　穷人般隐忍的微笑
大地和树木之上的性感的绿意
它们憨厚而任性　所到之处一派无辜的样子
它们像我的反光镜照着我一路经历的异邦

它的尘土飞扬　机器轰鸣的狭隘
它的城墙也罩不住的朴素和廉洁

上苍啊　让我在大海的边际继续徘徊
让我用蘸着海水的石头继续擦拭自己
直至擦掉我背部早些年刺青的国界
直至我终于可以对天吟诵
火焰的橘红和大海的湛蓝没有国界
旺盛的草木和清泉般的鸟啼没有国界
正如这春天的海水　这宇宙中某颗蓝星的使者
这恶棍也无法霸占的近乎虚无的蓝

把一颗甚至无数颗星宿
心脏般地包含在心脏内部

整理石头 第六卷

中年自画像

在大海边住下来虚掷青春　在大海边
喝了整整十年（一个世代之久）海水
我曾被一种无人认识的怪物鱼咬过几回
跳到海里时被蓝海藻纠缠过几回
(有次还险些被拖下深渊)
我曾拜托水手和信天翁寄往海上的信
一件件石沉大海　喝着海水的等待
让海水拍打着的等待　没等到白了头
却让头发慢慢落光了后脑勺　露出葫芦之美
而一只从北方带去的蓝釉瓷杯
在逃离一场梦里袭来的海啸时
落地而碎　让我喝了一肚子海水的一个梦
以及与大海同样湛蓝的一堆瓷的碎片
同时葬身海底　让海水搓来搓去的黄肚皮
人到中年也未变成海青色的蓝肚皮

在大海边虚掷了全部青春　中年回到了北方
那最容易放弃怨恨也放弃伤怀的高纬度地带
如今我住在抬头就可眺望秦岭的地方
住在很多人天不亮就来打水的水井旁

住在一条隐姓埋名的河（南方叫江）流经的地带
我的不远处有一家戒备森严的飞机制造厂
稍远处据说还有一个秘密的航天器试飞基地
认识一些造飞机的朋友和一些精通
航天飞行秘密的人　如今是我肚子里
除了海水之外仅有的一个小秘密
现在我每天的工作就是有点失魂落魄地
守着我的小秘密
像一个疏于耕种的邋里邋遢的远乡农夫
每天无所事事地傻等着　每天睡很少的觉

一个翻山越岭　连滚带爬从海边归来的人
一个被大海和它虚无的湛蓝淘尽了青春的人
灰溜溜地回到了秦岭以北
如今已不事精耕细种的北方
一肚子瓦蓝瓦蓝的海水没处吐
朝朝暮暮近乎吊儿郎当的悠闲里所深藏的
沉默　和近乎荒唐的小秘密
也没人知道

山上的石头

越过一条泥沙俱下的河流
一大片荆棘地　一大片不知名的荒野
以及一些山峰造势的坡度
就是我在礼拜天喜欢见到的
山上的石头

朴素的石头　棱角坚硬而粗糙
伴随一些杂草
令人想到它陷入泥土的深度
令人细细打量着
它的由风和阳光打磨出的圆润光滑的一面
它的一些由于过分缺乏匠心
而出其不意的裂缝

它的神秘的涡纹　仿佛巨兽踏出
而又经历时间修饰的梅花趾印
仿佛某个朝代某个忠臣的血
自断头台上滴答而下
却在时光弥漫中姓氏模糊

仿佛一个个倒地而亡的朝代
多少年后才白骨散尽
才选好这一块山上的石头
将如释重负的心思
微笑般显现

我喜欢在山上行走
在山上要相遇的石头
是从古代放到现在的石头
让风带走又带来的石头
是坚硬和粗砺　无论如何
都瞒不过圆润与精细的石头
它沉默着　被世界忽略
但却无法让谁据为己有

山上的石头　我在礼拜天
必须前去访问的石头
我常常想起它
想起整天的忙碌　也不过是
弯曲身体　把轻如鸿毛的重量
举上头顶

使者的赞美诗

在雷电枝形的火光下
他行走着
大喊大叫
与即将来临的暴风雨一样有点兴奋

我了解这孩子
这个爱旅行的孩子

他刚刚从远方带回花束　春天
更早时候一个雨雪天气
他是铁匠铺的学徒
一边打击着飞溅的火星　一边写赞美诗：

"春天在大海和云朵之间运送幸福
而夏天　星星的花蕊烧红了全部苍穹
天空硕大的葵盘下垂着　像母亲的肚皮
不仅接近了生活而且构成了生活本身

一只鸟掠过一座雨水中试图觉醒的花园
掠过我的手臂和歌唱之间

飞往更加热闹的别处。"

雷电枝形的火光
在夏天的浓荫之上
在他的前方
.

爱美的独来独往的孩子呵
我了解他

他曾经的平静和蔼
来自于对生活狂风的平息
但他真心地喜欢着——
真正的狂风
和哪怕是响彻于天顶的熊熊烈火

使者般清亮的面孔
在雷电照彻的郊外或明或灭
此刻　真正的无人之境
他要把全部的痛苦隐藏在暴风雨中

边境上的小城堡

把梦中的沙皇流放在这里

打马狂奔的先人　散尽仇人
和自己白骨的地方
把沙漠　草原和毁坏的水桶流放在这里

充满了凄厉如玉的星光
和母狼胡安娜带来号哭与传染病的地方
把语言的暴风雪流放在这里

把道德家　说教者
和他们的火药工厂流放在这里

春天或蓝

白昼折磨着天上的月亮
天空空虚的蓝
折磨着一架直升飞机
我的沉默和一架玩具起重机的颜色
强调着今年的春天　它的荒凉和鲜艳

堕落与美好　呵春天
从浅蓝到深蓝到黑蓝
仿佛一场假设的死亡
一个摘掉面具的男孩的命运就是
他正被无限制地拖下
一个去年就被白天鹅遗弃的
湖泊的深水

一种更深的蓝　一种由直升飞机
和天空频繁发生关系
而不断发出受折磨的嗡嗡声的春天
一种同时包含着同情和堕落的
属于这男孩的命运

而我相信这男孩　他的狂暴的身体
正在深蓝中的平息
我相信在被尘世的睡眠遗忘之后
他曾有的困惑　他对黑蓝的倾向性
就是他要心甘情愿地拖下去
把自己置身于真正黑暗的湖泊中
在那里　像面临最后的结局
他渴望白昼降临

好向天空索取干净的蓝　更多的
比春夏之交的蜉蝣还稠密的
像突然暴发的蓝藻一样性感地勃发的
像倾向于死亡而不可救药地下垂着的

蓝

邮政局

好样的水果都搬到阳台上
还有你这来自老森林深处
被一种叫做羊的动物
永久梦想的浆果
也搬到阳台上　夏天了
高一点不要紧
显眼一点不要紧

我只有忧郁的水泥阳台
也许还将失去
但是太阳　水和
叛逆的风会来
雷电和流星会来
不安分的朋友们秘议
夏天之后的
另一场聚会

我的水泥阳台在高处
向下看　一切热衷于攫取的人
被疾病和忙碌运作的人

激起尘土与噪音合唱的人
有的是亲人　有的是仇人
更多的是一些陌生人
阳台　果实　夏天
还有我们的一次聚会
是他们头顶上的事物

果实最后被怎样享用殆尽
一群人　七嘴八舌
最后怎样不欢而散都不重要
这只是一次朋友的聚会

只是有一句话挺有意思：

"邮政局，全世界的核心
我们是谁发出的信件
正被匆匆寄往别处。"

北方的一片树林子

北方的一匹狼要出走
这是一片树林子的事
是让月亮变得凄美的事
也是一匹狼心里想了很久的事

一片树林子　根连着根的树林子
在一匹狼出走北方之后
变成了一棵又一棵孤零零的树
最后又成了仅有的一棵树

(可笑的树　在风沙中摇摇晃晃的树
比狼出走的欲望同样强烈地
受着折磨的树)

北方的一匹狼在出走
最后的一匹孤狼　灰白而零乱的皮毛
像一头灾年的老鼠一样一蹶不振
丢下一片孤零零的树林子
和细腰与瘦腿上
全部曾被传说的贪婪和奸诈

它落荒而逃

被仅有的一棵树守候的树林子
狼把它甩在了身后　狼还甩掉了
从此只能长出一些瘦削颈脖的牲口们
一些既不是猎人也不是牧人的
灰溜溜的人们

北方的一匹狼在出走　剩下的树林子
生活过狼的一片树林子
出走的欲望在风沙中
在天际和它灰白的缝隙间　一天天颓败

炼金术

我是一个不屈的人　历尽多年周折之后
在一块被冻裂的巨石内部
我提取到了很多哭泣与几乎可以忽略的剧痛

我还是一个颇具神话色彩的人　乘粗心的园丁不注意
在被铁和玻璃控制多年的一棵树
和它委屈地开放着的花蕊中
我搜索出一个失踪的婴儿和一个说谎者
被钝器从后面击破的颅骨残片

其实我真正的身份是一个密探　精通炼金术
一直准备着远赴他乡开山炸石的行程
我将是那个走遍世界　比江湖传说还要神秘的
掌握着全部炼金秘方的人

蜘 蛛

你的灵魂里盘踞着蜘蛛
蜘蛛的形状
就是你的灵魂的形状
蜘蛛抽丝的样子
就是你的灵魂与某个幻影藕断丝连的样子

这一切仿佛命运
也仿佛前世既定
蜘蛛的身影
就是你的灵魂的身影
你走到哪里
蜘蛛就能跟到哪里

你告别的次数太多了
脸上有太多的忧郁和雾霾一样的迷惘
你喜欢往人群里钻
试图让那些突出的驼背和肿鼻子帮你蹭掉点儿什么
你一直在寻找很多人离而又去变动不居的地方
去那里打听另外一些蜘蛛的下落

因为你很久不见蜘蛛的影子了
蜘蛛的影子
就是你每日都要死而复生一次的灵魂的影子
甚至就是你本身的影子

雾和黄叶

夜深了　我看了看那条名叫莫名的大街上
被雾锁住穹顶的星象博物馆奇异的外形
和街道两侧落光了叶子
用赤条条的枝干刺穿浓雾身体的树

穿黄马甲的女清洁工正埋头清扫
满大街色调低沉的灯光
和压在那灯光底部的最后一批黄叶

天灰茫茫的　就像雾是灰茫茫的一样
看样子是要下雪了　但又有着难言的顾虑
为到底下不下一场雪而犹豫着

空列车

空列车在经过北方
广袤的旷野
经过被黑暗笼罩的山谷
和群峰的深处

只有两个乘客的空列车
和空空如也的北方
一个男人　一个女人
眼看着外面被探照灯险些吓坏的
一只野羊和一只山猫在狂奔
他们无动于衷

空荡荡的列车　空荡荡的车厢
两个素昧平生不知来历也不知所终的人
他们同时错过了　最后一个村庄
一个路边的孩子
曾经向着他们招手致意

空荡荡的列车　空空如也的灯光
像幽灵一样一闪而过

照亮了唯一一个留在北方
并敢于站在黑暗中的
孩子的脸庞

两个目光空洞的人望着前方
他们错过了黑暗被照亮的那一刻
那个孩子　和孩子身后
空荡荡的北方

风一样轻的叙述从何而来

把犁铧从大地上移开
他曾被父亲的荆条在山上毒打
在烈日光焰轻掠的山上
父亲的手掌比烧成黑色的石块
更毒辣　更有心计
在开始成为一个烧瓷师傅之前
他曾做过黑砖厂的制坯伙计
也曾在机械厂干过一阵子填煤工
给巨大的钢炉中加煤
把握火候的力量
他曾在火中熬干九条河流
年复一年
只有他知道九条大河消逝的秘密

当九条大龙在他的梦中反复出现
当梦中的九条大龙开始与九只凤凰嬉戏
也开始与他嬉戏
作为讲述者　他从此确定了讲述父亲
也讲述自己的方式

——风一样轻而又轻

和事物消失时烟雾一样简洁的方式

北方　北方

我的故乡在北方　北方
我的童话的房屋就建在口渴的沙漠上
那里　一朵花儿有多么懦弱
一盏灯就有多么懦弱

我的故乡在北方
那里　我的童话的房屋是善良的
一盏懦弱的灯
和一朵濒临绝境的花呵
在我的童话的房屋里是两个小宝宝

我的童话的房屋是善良的
它不嫌弃空荡荡的北方
一盏灯　一朵门边的花
他们一个是一个的影子

我的故乡在北方
在北风横扫沙丘的刀尖尖上
在童话的装满隐痛的心尖尖上

我的故乡在北方　我要把我的童话
不断地讲给北方听
我要我的北方在我的童话里慢慢长大

一个石匠

一个石匠是我的父亲
他生活在北方
清朗而悲愤的星光下

他有很多夜晚在悬崖上——

黑暗中　他不断地把巨石滚下山坡
激怒一条大河
峡谷中众人的睡眠

而很多白天　在巨大的采石场上——

烈日使空气陷入沉默
他独自一人敲打着盛夏中排列的
一块块粗暴的石头
偶尔　当铁凿雕刻到微妙之处
他也会兴奋地大声嚷嚷：
"看！这些石头总能变白
又白又漂亮"

一个石匠　我的父亲呵

他孤僻而令自己沉醉的一生

日复一日地　在夕阳西下之后

在黄昏的黯然和身体的炭黑之中愈陷愈深

全不顾悲愤的北方星光下

比星光更亮的火星正飞溅

也未察觉　不远处的黑暗中

我常常一边等他归来　一边吟诗

车灯呵　为何来去匆匆

刚刚将幽深的峡谷照亮一大片

又把它重重地留给黑暗

追赶巨石的人

巨石从世界的高处滚落下来
巨石从世界所有的地方滚下来
不需要高风吹拂　不需要从一个高处
到另一个高处　或由高到低的大地般的阶梯
不需要弓弦似的或者半月似的弧度
不需要榴弹炮或者航天飞行器的弧度
巨石在世界所有的细节里带着轰响滚来

那在轰响着滚落的巨石后边追赶巨石的人
那在背后被更加巨大的巨石追赶的人
那狂奔不息的人　大喊大叫的人
那由于过分兴奋而不断跳向高处的人
一次次错过了巨石追来的打击而将危险置之度外的人
是幸福的人　有着孩童般不可克服的纯洁
和猛兽般不计后果的为世界献身的气度

世界在陆地的中央　世界在大海的中央
世界在一颗还没有憋破的气球内部空虚的中央
巨石朝世界的中央滚下来
追赶巨石的人在世界的中央

像玩一场始料未及而又胸有成竹的游戏

追赶着巨石
也被巨石追赶着

清扫梦魇与生活的方法

你必须老老实实地带好扫帚　假装只是带了一把团扇
在生活的纵深地带　一步一步前往更深的地方
经历那些仿佛梦中所见　近乎崩溃的生活和身体
那些时装店门口被撕碎的
明显带着几份放荡的　赤裸裸的塑料女模特
路遇卖花的老妪拦路摇曳一束玫瑰
或者她刚刚离去后满地的落英
你一定要沉得住气　假装自己已深受迷惑
假装自己和自己不小心纠缠在一起
然后迅速闪过去　或者让另外的倒霉鬼闪上来
但如果接下来你仿佛终归要倒霉似的
不慎遇上了逃跑一样飞奔而来的渣土车
它们一路抛洒着一些来历不明的
比碎玻璃更难对付从而更凶险的残渣
陡然增加了清扫的难度
这时你必须停下来　弯曲身体清扫它们
这条路是不是你回去的路
或者是不是不久以后你出去时要经过的路
这条路是人走的　虫虫走的　甚至鬼走的
都不是你再需要关心的问题

重要的是　你必须弯腰清扫它们

就像清扫一场长着毒刺的梦魇一样地清扫它们
就像清扫着一条故人已安然入睡的路
一条天鹅寻春　或者天鹅一样纯洁的人
伸出隐匿一生的翅膀
向着天堂款款飞去的路

整理石头

我见到过一个整理石头的人
一个人埋身在石头堆里　背对着众人
一个人像公鸡一样　粗喉咙大嗓门
整天对着石头独自嚷嚷

石头从山中取出来
从采石场一块块地运出来
必须一块块地进行整理
必须让属于石头的整齐而磊落的节奏
高亢而端庄地显现出来
从而抹去它曾被铁杀伤的痕迹

一个因微微有些驼背而显得低沉的人
是全心全意整理石头的人
一遍遍地　他抚摸着
那些杀伤后重又整好的石头
我甚至亲眼目睹过他怎样
借助磊磊巨石之墙端详自己的影子
神情那样专注而满足
仿佛是与一位失散多年的老友猝然相遇

我见到过整理石头的人

一个乍看上去有点冷漠的人　一个囚徒般

把事物弄出不寻常的声响

而自己却安于缄默的人

一个把一块块的石头垒起来

垒出交响曲一样宏大节奏的人

一个像石头一样具有执着气质

和精细纹理的人

我见到过的整理石头的人

我宁愿相信你也见过

甚至相信　某年某月某日

你曾是那个整理石头的人

你就是那个整理石头的人

图书在版编目（CIP）数据

整理石头 / 阎安著. -- 西安 ： 太白文艺出版社，
2012.12（2025.03重印） -- ISBN 978-7-5513-0401-6

I. ①整… II. ①阎… III. ①诗集-中国-当代
IV. ①I227

中国版本图书馆CIP数据核字（2012）第318075号

整理石头
ZHENGLI SHITOU

作　者	阎　安
责任编辑	张　鑫
封面设计	孙毅超
书名题写、篆刻	井海红
出版发行	太白文艺出版社
经　销	新华书店
印　刷	三河市双升印务有限公司
开　本	787mm×1092mm　1/16
字　数	88千字
印　张	15.5
版　次	2012年12月第1版
印　次	2025年3月第2次印刷
书　号	ISBN 978-7-5513-0401-6
定　价	56.00元